鄞州区社会科学学术著作出版资助项目

甬上乡味

陈可伟 主编

宁波出版社

本书编委会

主　任　傅怀锋　茅晓辉
委　员　鲁霜霜　肖康焕　陈可伟
　　　　　　惠河源　胡佩涛　严倩倩
　　　　　　邬晨平　陈　喜　郑玲燕
　　　　　　施宇杰　朱以盛　姜可吟

前 言

　　宁波,一座有着古老记忆的城市,一座国家级历史文化名城,深厚的文明沉淀已达八千年之久。得益于丰富地貌和丰饶物产,宁波既有生猛的海鲜水产,也有时令的田园果蔬和珍奇的山野趣味,更有花样繁多的糕点小吃和消闲小食,它们像一个个奔腾跳跃的音符,汇成一曲曲阐释宁波味道的交响乐。

　　在烟火缭绕的甬城街头巷尾,曾经产生了宁波汤团、冰糖甲鱼、红膏舱蟹等数不胜数的甬上乡味,它们不仅珍藏着大量的个体记忆与情感,更承载着甬上饮食文化的悠久历史和深厚底蕴。地方传统的饮食文化是一个城市最珍贵的记忆和个性特征。传承宁波历史文化的,不应该只有井头山、河姆渡和天一阁这些文化记忆,不应该只是"书藏古今,港通天下"这一张名片,更应该由与我们生活息息相关的"甬上乡味"去补充、丰富和延续。

　　长久以来,地方饮食文化的传承通常依靠父母等上一辈人的潜移默化和言传身教来实现。随着人们饮食结构的不断更新变化，传统"乡味"及其制作工艺等已悄然逝去。而"甬上乡味"是活着的历史、生动的地理、优美的民俗，是一扇开启宁波地方文化风景的窗，它承载着宁波传统民俗的底蕴，富含着时代创新的元素，以细节体现着浓浓的乡情韵味，以最直观的方式表达着宁波人的富足生活、美好梦想和家国情怀。

《甬上乡味》一书根据宁波饮食文化的个性特色，在对宁波乡味进行深入文化挖掘的基础上，精选出原汁原味、经典传统的乡味美食56种(道)，编为"传统佳肴""河海之鲜""果蔬土产""闲食小吃""节庆食风"五大篇章，将每一种(道)甬上乡味美食蕴含的历史典故、发展演变、传说故事、民风食俗、烹饪技艺、人文地理等娓娓道来，全方位、立体化展现专属于宁波味道的饮食文化内涵与深远意境。

入编《甬上乡味》一书的宁波乡味美食，或来自田野山间，或来自江河湖海，或来自最普通的乡村，或来自寻常百姓家的灶台。它们不但丰富了宁波饮食文化的内容和体系，也构成了宁波作为历史文化名城所独有的特色文化景观；它们不但展示了宁波人的爱乡之情和勤劳品性，也体现了宁波人民的创新活力和创造热情。一种种(道道)散发着浓浓乡土气息的"甬上乡味"，犹如一颗颗璀璨的明珠，辉映着宁波秀美的自然景观和别样的风土人情，传递着宁波城里乡下独特的民俗风尚和充沛的文化活力。

乡味中有文化，文化里有乡味，品味"甬上乡味"，品的是文化，品的是生活，品的是乡愁。编写本书的目的正是要让广大读者感受宁波特有的乡情韵味和生活情趣，体悟宁波传统饮食文化的博大精深，唤醒民众舌尖上的文化之魂，让"甬上乡味"香飘万里，世代相传。

编　者

2022 年 5 月

目　　录

第一辑　传统佳肴

咸齑黄鱼：
咸鲜合一的头牌名菜　　003

红膏炝蟹：
"活色生香"的第一冷盆　　008

冰糖甲鱼：
甬江"状元楼"独占鳌头　　013

宁式鳝丝：
"善始善终"的压轴名菜　　018

鱼鲞煐肉：
肉香映衬着海的滋味　　023

甬式熏鱼：
肉嫩骨酥的传统年味　　028

乌贼大煐：
笔墨化成的黑精灵　　033

清蒸鲥鱼：
因时而至的鲜美之味　　038

荠菜春卷：
春到人间卷异香　　044

荷叶粉蒸肉：
软糯清香独一味　　049

酱煐猪头：
抗倭将士的爱民情怀　　054

第二辑 河海之鲜

长街蛏子：
朝来饱啖西施舌　063

西店牡蛎：
龙女乳汁始沥成　068

凫溪香鱼：
王昭君香气所化　074

奉化摇蚶：
茹毛饮血的秘味　079

象山鱼糍面：
渔乡青年情丝长　084

慈溪海蜇：
鲜脆合一的天然海味　089

龙山黄泥螺：
敖广神龙孕肥美　094

龙头鲓：
家常必备的下饭神器　099

望潮：
脆里带韧的海鲜瑰宝　104

三抱鳓鱼：
"咸骆驼"的"压饭榔头"　109

第三辑 果蔬土产

奉化水蜜桃：
天庭仙桃孝子采　117

余慈杨梅：
百果仙子赐仙果　123

三山金柑：
味甘香胜于大橘　129

宁海白枇杷：
百果家族中的奇珍　134

邱隘咸齑：
雪里蕻的爱情故事　140

余姚榨菜：
舌尖上的"国民下饭菜"　145

臭冬瓜：
舌尖上的一缕乡愁　150

羊尾笋干：
至鲜至美的百日菜　155

大榭萝卜干：
源于海岛的特色土味　161

前童三宝：
制作秘方观音传　166

楼茂记香干：
百年酱香飘万里　171

岔路豆腐：
打赌打出了新美味　176

第四辑 闲食小吃

缸鸭狗汤团:
脱落布衫当押头 183

浆板圆子:
软糯香甜的古早味 189

灰汁团:
儿时记忆里的清香 194

麦饼:
山里人妈妈的味道 199

萝卜团:
舌尖上的"团圆味" 204

米馒头:
软糯悠香绕心间 209

长面:
手工传承的百年风味 214

油赞子:
香脆中嚼出幸福感 219

奉化千层饼:
传承百年的"天下第一饼" 224

豆酥糖:
"碰一鼻子灰"的舌尖美味 229

三北盐炒豆:
刮啦松脆的清闲小食 234

第五辑 节庆食风

宁波年糕:
心想事成年年高 241

邱隘齑:
记忆中最温暖的年味 246

百果羹:
吃出甜糯的元宵味 251

宁波麻糍:
青香软糯的"追忆食品" 256

龙凤金团:
宁波城外说阿凤 261

黑饭:
油光乌亮的清明味道 267

碱水粽:
老宁波的端午记忆 272

双喜吉饼:
刘备东吴赴婚的媒证 277

宁式月饼:
浓浓中秋意 悠悠故乡情 282

水溻糕:
新米松糕红印添 287

重阳糕:
融进了时光的老味道 293

祭灶果:
吃了脚骨健过 298

第一辑

传统佳肴

CHUANTONG JIAYAO

咸齑黄鱼
咸鲜合一的头牌名菜

宁波菜,给人的印象是"咸鲜合一、荤素互烧、原汁原味"。如果问宁波菜最经典的名菜是哪一道,当仁不让自属"咸齑大汤黄鱼"。这是宁波人味觉中"鲜"与"咸"最经典的结合之作,自古至今都为宁波各酒店、饭馆的头牌名菜。

宁波,因靠近象山渔港和舟山渔场,海产资源异常丰富。舟山带鱼、银鲳、梅鱼、海鳗、梭子蟹、龙头鱼等,无一不是餐桌上的美味。但在"老宁波"心里,这些海味一旦与有着"琐碎金鳞软玉膏"之誉的东海大黄鱼相比,就不免有些黯然失色。"咸齑大汤黄鱼"本是宁波城乡的一道家常菜,因其烧制方法简便,取材容易,是主人招待客人的常备菜。

宁波人喜欢喝汤,汤是甬式"下饭"的特色之一,因此在早些年,宁波人也被戏称为"汤倌"。在宁波各类汤菜中,汤甘醇、咸齑脆、鱼肉嫩的咸齑大汤黄鱼,不仅是甬式家常菜和逢年过节最上得了台面的常备菜,更是身在异乡的宁波人思乡念祖的精神寄托。

不少旅居外地的宁波人,一旦想家了,就会直奔菜场买条大黄鱼,配上从家乡带来的咸齑烧汤喝。这道咸齑大汤黄鱼,似乎已成为乡愁的代名词。大黄鱼用咸齑"吊"出来的鲜味,始终是所有宁波人心里挥之不去的恋乡情结。

过去,由于捕捞失度,黄鱼资源一度枯竭,咸齑黄鱼在家家户户的餐桌上几乎消失。今天,随着对黄鱼资源的有效保护,黄鱼又重新游回人们的餐桌。黄鱼,原名石首鱼,又称黄花鱼,肉质细嫩,味道鲜美,不仅是上等的美味佳肴,而且营养非常丰富,具有良好的医疗和保健功效。

咸齑大汤黄鱼这道名菜的主角黄鱼,其来历据说与宋代文学家苏东坡和黄花姑娘的爱情故事有关。

传说,苏东坡在山东登州府做官时,有一次到饭店吃饭,发现这家饭店的红烧鱼非常鲜美,别有风味,便叫店小二传厨师出来,请其当面介绍厨艺。当厨师来到他面前时,他没有想到竟是一位十六七岁的漂亮少女,他不敢相信,问道:"你叫什么名字?今年多大了?"姑娘爽快地回答:"小女姓黄,名叫黄花,今年十六岁。"老苏听后又惊又喜,又问:"你出嫁了没有啊?"姑娘的脸红了起来,低头不语。这时,店小二插话:"黄花姑娘是饭店掌柜,她不仅做鱼拿手,而且自小识文写诗,琴棋书画样样精通,就是眼光太高,至今没有遇到如意郎君。"老苏听后,喜

出望外，对这位才貌双全的少女产生了爱慕之情。之后，他经常来饭店一边吃鱼，一边与黄花姑娘谈诗论画。二人谈笑风生，十分投机，姑娘对老苏超众的才华非常欣赏，情投意合的两人很快就成为伴侣。

但好景不长，不到一年光景，皇帝召老苏到京城做官，黄花姑娘就和老苏一同进了京城。老苏为讨好皇帝，将黄鱼这道菜献给皇帝品尝，皇帝食后，特别满意，叫厨师来当面听赏。当皇帝见到厨师是一位美貌绝伦的少女时，竟产生了将其收留宫内尽享食色之意，便问道："你叫什么名字？出嫁了没有？此鱼何名？"这时，老苏看出了"门道"，后悔当初不该献菜，恐怕美人也献走了。不过黄花姑娘早已胜券在握，坦然回答："此鱼没有名字，小女姓黄，名黄花，已花落东坡了。"皇帝听后，大失所望，心想好一朵鲜花，可惜插在牛粪上，便冷淡地说："你做的鱼好吃，就叫它黄花鱼吧。"说完转身离去，当然赏赐也就无从谈起了。

事后，黄花姑娘为避免后患，很快告别了老苏，回到老家重操旧业。要问老苏在宫里命运如何，可想而知，皇帝不会给他"好果子"吃。

乡味解密

咸齑大汤黄鱼

作为甬菜中"咸鲜合一、荤素互烧"的经典之作，咸齑大汤黄鱼用料讲究。一条新鲜的、重1公斤以上的东海大黄鱼是主要食材。除了大黄鱼，咸齑也是制作此菜必不可少的原料。新鲜的雪里蕻经腌制后质地脆嫩，鲜美可口。

"咸齑大汤黄鱼"的烧制方法很简单。将大黄鱼去鳞除鳃，剁去腹背鳍，不用剖鱼肚，除鱼鳃时拉出鱼肠即可，洗净后沥干水分，用刀在大黄鱼的两面剞上两个十字花刀纹；咸齑梗切成细碎（菜叶不用）；冬笋焯去涩味后切丝或片冲凉待用。炒锅置于旺火上，烧热后用熟猪油滑锅，再加入适量的熟猪油，油热后放入黄鱼先煎一面，稍煎黄后立即翻身煎另一面，也只需稍煎黄即可，随后倒入黄酒并盖上锅盖稍焖一焖，解去鱼腥味。然后加入适量的沸水、姜片、葱结，盖上锅盖，用旺火烧煮3分钟左右，当汤汁烧至奶白色时即可加入咸齑梗、笋片，烧开后用微火煨约10分钟至咸齑鲜味煨出。当大黄鱼的眼睛呈白珠状且鱼肉能自然脱骨时，再改用大火烧1分钟，然后拣去葱结。因咸齑本身有咸味，加适量盐、白胡椒粉、味精调味，淋上香油，即可出锅。

咸齑黄鱼汤色乳白，金黄的鱼肉上布满细碎的咸齑。夹一块鱼肉入嘴，滑嫩到入口即化，再连菜带鱼抿一口热汤，咸齑有鱼鲜，黄鱼含菜香，咸与鲜混合的奇妙口感余韵延绵，令人齿颊留香。

红膏炝蟹

"活色生香"的第一冷盆

"红膏炝蟹咸咪咪,大汤黄鱼摆咸齑……"生于东海之滨的宁波人,从小吃着鱼虾蟹鲞长大。逢年过节,传统宁波人的饭桌上必少不了这两道菜,即咸齑大汤黄鱼和红膏炝蟹。其中,红膏炝蟹可谓宁波第一冷盆(冷菜),宴客必备门面菜。

每年秋冬是梭子蟹上市的季节。梭子蟹膏色红亮、肉质鲜美、营养丰富,是年节时家家户户必备菜品之一。每年的九、十月份,梭子蟹黄多油满,清蒸或是做成声名远扬的红膏炝蟹,都能让人的舌头鲜得"掉"下来。

用"活色生香"来形容红膏炝蟹,是最妥帖不过的:"活"指活的梭子蟹,且要挑圆脐母蟹;"色"指炝好的蟹膏红、蟹肉白;"生"是生吃;"香"是咸中透着鲜香。

红膏炝蟹将蟹的活色、美味、鲜香发挥到极致,搛一筷蟹膏,轻轻送入口中,那种又咸又鲜的味道绝对让你回味无穷——红膏入口即化，一股鲜味在口中久久回荡。刚从冰箱里拿出来的蟹肉是嫩白而饱满的，如果上面还有一层霜，味道更好，口感极为细腻柔嫩，让你吃了一口，还想吃第二口。

红膏炝蟹的味道，在宁波各地是有一些差别的。在宁波老城区，红膏炝蟹的咸味会比较轻，吃的时候要蘸一点米醋调味，这样味道更鲜美。而在奉化，红膏炝蟹就腌得比较咸，好像做咸齑一样。虽然鲜活味少了些，但是别有一番渍透的韵味，特别下饭。

对于宁波人来说，一只膏满脂丰的鲜梭子蟹的最好归宿，就是被做成炝蟹、蟹糊。炝蟹腌成后，蟹黄已呈金红色，并且软软糯糯的，而蟹肉则是白生生的果冻状。抿入口中，让人一下子陷入糯、滑、鲜、黏的口感中，整个口腔的愉悦感骤然升腾，瞬间沦陷在炝蟹那带着海洋气息的脂膏中。那种"咸咪咪"又透骨鲜的味道，让人满口生津。此时，吃一碗滚烫的泡饭，就着一片冰凉的蟹壳，那滋味可以在舌尖上久久停留。

宁波人对炝蟹的痴迷，已经到了嗜之如命的地步：病后乏力，不思茶饭，剁一只红膏炝蟹，胃口立马来；喝高想吐，炝蟹端来，还能再吃三碗泡饭。这泡饭的最佳搭档——红膏炝蟹，被宁波人形象地称为"压饭榔头"。

说起这红膏炝蟹的来历，在盛产梭子蟹的象山沿海一带还流传着一个故事。

古时候，东海边有一个财主要嫁女儿，日子选在冬至前，厨

子选定一道菜：清蒸白蟹。财主立即要求海边渔家在出嫁日前把梭子蟹送到。哪知冬至前，一连几场风暴，渔船出不了海，渔民根本扪不到梭子蟹。这可急坏了财主，他带了厨师与几个家人赶到渔民家里兴师问罪。渔民说："天公不作美，我们也没有办法，请老爷恕罪。"财主说："没有这道清蒸白蟹，让我怎么招待客人？"

这时，厨师东转西转，发现渔民家中一只坛里浸着一些梭子蟹，便问："这是什么？"渔民说："这是前一船扪来的梭子蟹，因吃不完，就将它活浸在盐水中，家里当咸菜吃。"厨师捞起一只，掰开蟹壳，只见膏红肉白，一尝，味道十分鲜美，便对财主说："便用此蟹做道菜吧！"于是，财主带人把几家渔民浸的咸蟹都捞起来，挑回自己家。嫁女开宴那一天，财主家便端上这道红膏炝蟹。

众人一看,白里透红;一尝,美味无比。一个秀才说道:"这叫作白里透红,国色天香,海中极品,盘中仙珍。"

从那以后,"红膏炝蟹"就成为象山人办酒席时一道不可缺少的名菜。不久,此菜也流传到宁波、上海一带。凡是尝过此蟹的,无不啧啧称道,赞不绝口。

乡味解密

红膏炝蟹

红膏炝蟹滋味咸鲜,美味嫩滑,让喜欢尝鲜的食客们食欲倍增,爱不释口。其制作方法也简单易学。首先,蟹必须选活的,最好选个头稍大的红膏蟹。挑选时,关键要看蟹的肚脐。肚脐红,则蟹壳的两头都有膏,这类蟹做炝蟹最好。其次,盐水的调制比例一般为10千克水兑2.5千克盐。实际操作时可以根据个人口味来调整。最后,将活蟹洗干净后,放入调制好的盐水中,蟹脐朝上,水要没过蟹身。盖好盖子或者压上重物,一般腌制15小时即可捞出。也可以先在鲜蟹上洒少量白酒,放入冰箱里冷冻,再拿出来放在盐水中浸泡18小时,这样蟹膏更硬。

红膏炝蟹的正宗吃法是不再添加任何食材,让炝蟹保持原汁原味。吃炝蟹时,通常与姜、醋搭配同食,醋的酸味可去蟹的腥味,而姜可中和蟹的寒性,起到暖胃的作用。红膏舱蟹虽味咸嫩滑,但性寒,不可贪食。进食时最好佐酒,并蘸些姜醋汁杀菌;吃后不要立即喝凉水,以免引起肠胃不适。

冰糖甲鱼
甬江"状元楼"独占鳌头

作为孕育浙商的重要城市,宁波"盛产"商界大佬。这个富有传奇色彩的地方也孕育出许多经典名菜,冰糖甲鱼就是其中之一。擅长经商的宁波人历来对这道菜有着独特的情怀,也把它称为"独占鳌头",其寓意非常符合宁波人敢闯敢拼的精神。

每年四五月间,江南地区菜花盛开,正值甲鱼最为肥美之时,是烹制"冰糖甲鱼"的最佳时期。冰糖使卤汁浓稠,加上甲鱼的胶汁,让这道菜更绵糯香甜,滋味非凡,是老宁波传统名菜,位居甬上十大名菜之一。

"冰糖甲鱼"系老字号甬江状元楼首创,是状元楼的招牌名菜。关于此菜的来历,还有一段有趣的传说。

相传,在200多年前的清乾隆年间(1736—1795),在宁波江北岸临江有一家小酒铺,掌柜以烧冰糖甲鱼著称,功夫独到。

他烧的这道菜,清香、绵糯、咸甜兼有,滋味可口。

有一年,两个才高八斗的举人赴京赶考,在宁波偶遇,非常投机,便走进这间小酒铺喝起酒来。伙计见是书生,便问:"相公欲尝何菜?"两位举人都是富家子弟,便说:"凡是名菜,俱上桌品尝便是。"

于是,伙计陆续端上各道名菜。两位举人都是才子,满腹经纶,他们将肚子里的文采伴随着一桌子美味佳肴,在小小的酒馆里,肆意挥洒,好不热闹。两人的对决从诗词歌赋到天文地理,比得不过瘾,便开始即兴创作。正在此时,店小二端着一道冰糖甲鱼上桌,两人第一次看到如此美食,大为惊讶,还未动筷便被眼前这道独具特色的冰糖甲鱼的卖相吸引住了,只见鳌

状元楼酒楼(摄于宁波博物馆)

头上翘,晶莹透亮,同时香味扑鼻。两人赶紧品尝,一到嘴里,其独特的冰糖口感让人顿觉新鲜无比,搭配甲鱼肉的鲜香嫩滑,形成一道风味奇特的绝佳美食。两人赞不绝口,便问掌柜:"此菜何名?"

掌柜见两人随身都带有赶考的行头,便灵机一动,暗送彩头,道:"相公,此乃'独占鳌头'是也!"两人闻之好不开心,连呼:"妙哉!"尽欢而去。

事有凑巧,待到春季揭榜,其中一位举人果然中了状元,另一位举人取了探花。状元郎衣锦还乡,春风得意,特地重登甬江这座小酒楼,指名要吃"独占鳌头",说是吃了此菜,身健神旺,金榜高中乃此菜之功也。掌柜便又精心制作一道"冰糖甲鱼",让状元公品尝,并捧上文房四宝,恭请状元为酒楼题名。状元老爷正在兴头,也不推却,挥毫写了"状元楼"三字,让店主做成金字招牌。

从此以后,楼以菜扬名,菜为楼增色,"状元楼"名噪浙东,生意越来越兴隆。状元楼名菜"冰糖甲鱼"也名扬海外。后来,在上海也开了两家"状元楼",一名"甬江状元楼",一名"四明状元楼",并都以善烹"冰糖甲鱼"扬名。

随着生活水平的提高,人们对物质的要求也越来越高,特别是在饮食方面,除满足口腹之外,人们更倾向于健康。冰糖甲鱼作为一道颜值与营养并存的经典名菜,一直以来深受大众的喜爱。古有状元为"独占鳌头"而题名,如今人们在享受美食之余,更不忘寄予这道菜美好的意愿和期望。

乡味解密

冰糖甲鱼

冰糖甲鱼一般以 1 斤左右的甲鱼、冰糖、猪板油、熟猪油等为主要原料,辅以葱段、姜片、料酒、醋、酱油、盐、湿淀粉、香油等配料。

首先需将经过初加工的甲鱼用水洗净,放在案板上,从甲鱼的腹部正中对半剁开,再将每半切成 3-4 块,同时取下裙边,一起投入沸水锅中,焯 2-3 分钟,捞起放入冷水盆中洗净血渍,以去掉腥味,然后捞出沥干水,并将猪板油切成小丁。

而后将甲鱼肉和裙边装碗,放葱段、姜片和料酒,上屉后架在水锅上,旺火蒸 1.5 小时左右,蒸至甲鱼肉酥烂,拣去葱段、姜片。

接下来,锅中放入熟猪油,烧至六七成热,放入蒸酥的甲鱼肉、裙边,加入酱油、料酒、醋、盐、猪板油丁、冰糖和适量鲜汤,加盖,用小火焖 6-8 分钟,揭盖,转用旺火收汁。待汁一转浓即用湿淀粉勾芡,搅匀,最后淋入香油,装盘,撒上敲碎的冰糖末即可。

冰糖甲鱼色泽黄亮、绵糯润口、甜酸香咸俱全,滋味鲜

美。由于烹制时用芡汁热油裹紧甲鱼,故能保持较长时间的热度。这道菜讲究的是浓油赤酱,糖重色艳,有入口甜、收味咸的特点。此菜是滋补品,甲鱼与冰糖同炖,具有滋阴、调中、补虚、益气、祛热等功效。

宁式鳝丝

"善始善终"的压轴名菜

宁波十大名菜中,头牌固然是"独占鳌头"的冰糖甲鱼,但宁式鳝丝是宁波人公认的宴席上的压轴菜,寓意"善始善终"。对于地道的老宁波人来说,吃酒宴,若是没有吃上一口宁式鳝丝,这个宴席就算不上结束,更谈不上完美。

宁式鳝丝除了是宁波人宴席中的压轴菜,在宁波人的端午习俗中,也占有一席之地。端午节,宁波人除了要吃碱水粽、豇豆粽,更要上一桌"五黄六白"的大宴。其中,"五黄"分别是大黄鱼、黄鳝、黄瓜、咸鸭蛋黄、雄黄酒。在宁波还有句老话,"忙归忙,勿要忘记五月黄",说的就是这"五黄六白"习俗。要把新鲜的黄鳝做成美味,宁波人首选会做成宁式鳝丝。由此可见,宁式鳝丝在宁波人的心目中有着举足轻重的地位。

宁式鳝丝主要以黄鳝为食材,但是辅助食材极其丰富和讲究。要有韭黄,也少不了韭菜添色,还要有淀粉勾芡,且必须用

沉淀的湿淀粉,仿佛做好一道上乘的菜肴就是对自身的一次修炼,必须耐心、细心。

鳝丝,也是江南地区一道脍炙人口的传统名菜,除了宁波的甬帮菜,在苏州的苏帮菜、杭州的杭帮菜、上海的沪帮菜中,都有这道菜的身影,做法虽不尽相同,口感却有异曲同工之妙。

宁式鳝丝,在江南很多地方也被叫作"响油鳝丝",因鳝丝上桌后,盘中的油还在"刺啦"作响而得名。阵阵"刺啦"声中,油在鳝丝上沸腾,鳝丝在油里翻腾,犹如淅淅沥沥的春雨,给人颇具诗意的视觉享受,同时夹杂着阵阵蒜香、油香、鳝丝香,兼具"色香味"。

响油鳝丝,顾名思义,它的最大特点在于响油的声音。因此,最后一步浇热油显得格外关键。将滚烫的食油均匀地淋在中间的葱姜蒜堆上,鳝丝在油里"刺啦"作响,有些许北方"油泼"的感觉。

响油鳝丝讲究菜到桌上时油还在翻滚,这就需要厨师与服务员密切配合。只要动作够快,上桌时沸油就尚在盘里作响,喧腾四起、香气四溢,保留了食材最大的鲜嫩,否则油温一降,就听不见响声了。

美食的要素是色、香、味、形、声,而响油鳝丝几乎囊括了所有要素。泼上热油的鳝丝,香味也随之弥漫整个饭桌。一眼看上去,冒尖尖的是葱姜蒜末,用筷子一挑,更浓郁的鳝丝香味直扑鼻尖。夹一筷子一尝,鳝丝滑嫩无比,一抿一嚼间,鲜滑油香的滋味和丰腴绵软的口感穿透舌尖,充溢口腔,继而食道和胃一阵舒坦,让人胃口大开,食欲大振。

响油鳝丝这道名菜的形成,可说是错中出巧,其中还有个有趣的故事。

传说江南水乡的一个小城里,有一家百年餐饮老店。一天,店里来了几位上海吃客,点名要吃鳝丝羹。不多时,当班厨师便将香喷喷的鳝丝烹制好了。跑堂小二端了菜盆,刚要跨出厨房门,突然被厨师叫住,说:"慢!在鳝丝上浇上些明油,有点光亮,既好吃又好看。"说罢,就用铁勺舀了一勺滚烫的油,朝鳝糊上一浇,只听得盘里发出"哗哗啪啪"的一阵响。厨师一愣,自知浇错了油——本该浇冷油却浇了沸烫的热油,但油已浇上,也只好将错就错了。

跑堂小二问："这叫啥菜？客人吃了不会有意见吗？"厨师急中生智，来了个非常形象的回答："你听到刚才浇油时盘里发出的响声没有，这叫'响油鳝丝'。"

跑堂小二脸上一笑，将菜端上桌，客人听见盘里有响声，也觉得有趣，撅一筷放到嘴里一尝，相当好吃，称赞说："真是稀奇，鳝丝居然会发出响声。"就这样阴差阳错，在食客的赞美之下，出了一道名菜，即"响油鳝丝"。

后来经过研究，发现此法确实高明：鳝丝经热油一浇，可吊走鳝鱼里余下的土腥味，使鳝糊分外鲜美可口。"响油鳝丝"最终成为江南一带的一道特色名菜。

宁式鳝丝

宁式鳝丝是一道宁波传统的地方名肴。一般选用拆骨熟鳝丝作为主料，辅以姜、蒜、料酒、生抽、老抽、白糖、茭白、韭黄、蚕豆、韭菜、湿淀粉、盐、味精、香油、胡椒粉等配料。

烹制第一步，将活鳝鱼洗净后直接入锅加水氽熟，直到黄鳝嘴张大后，取出，用刀片剔除黄鳝脊骨、内脏，将鱼肉洗净，切成丝状，再将鳝丝切成5厘米左右长的小段。将蚕豆剥壳洗净，氽熟待用；韭菜、韭黄分别洗净并切成4

厘米左右的小段待用；茭白、生姜切成丝，大蒜拍成蒜泥。

接下来，在锅中倒入菜油，待油热至八成后，将少量油盛出，倒入另一容器中待用，接着放入姜、蒜，放鳝丝爆炒，加生抽、老抽和适量白糖，然后出锅待用。

锅洗净烧热后重新倒油，放茭白丝、韭黄翻炒，再放少许盐、料酒，下鳝丝，放入余熟的蚕豆、少量韭菜、料酒和湿淀粉，勾芡后即可出锅。出锅后，在鳝丝上浇少量热油、香油，撒入少许黑胡椒粉即成。

宁式鳝丝上桌时，鳝香、酱香、胡椒香，三香合一，配着沸油的"嗞嗞"声，香气四溢。黄鳝肉的细腻与时蔬的爽脆恰到好处地渗透在一起，细细一嚼，口舌生津。

鱼鲞烤肉
肉香映衬着海的滋味

提到海鲜，似乎总觉得应该是需要细细品味的菜肴。但在宁波的海鲜菜式里，也有不少下饭菜，没有那么精细，即使囫囵吞下也能满足味蕾和大快朵颐的吞咽感，让人不由得说："再来一碗饭！"鱼鲞烤肉就是这么一道菜。

鱼鲞烤肉是宁波人很喜欢的一道菜，在"老宁波"的口味中，鱼鲞烤肉独有的"香味"，是宁波"年味儿"的一部分。要想吃鱼鲞烤肉必然得存一些鱼鲞。北风起，制鱼鲞。当寒冷的冬天再也留不住鲜活的海味时，宁波沿海一带的人早早就开始制作鱼鲞，只为把鲜美的口感留久一点、留长一点，最好是一直留到热热闹闹的年头儿。那时，一道冒着热气的鱼鲞烤肉，会给新年的餐桌增添一个好寓意：年年有余！

宁波人制鱼鲞的历史可以追溯到 2500 多年前"吴王制鲞"的传说。据说那时吴王用的是黄鱼，这"鲞"字的渊源也与吴王写下的"美下着鱼"有关。

春秋时期,吴国和越国打仗。吴王夫差的父亲阖闾为了与越国争霸,起兵攻越,谁料打了败仗,负了伤,回到陉地,不久就死了。夫差为报杀父之仇,操练兵马,在公元前494年兴师复仇,夫椒一仗,把越兵打得丢盔弃甲,溃不成军。吴军一直打到东海边上。

连日追击越军,攻城夺地,吴王夫差实在太劳累了。这一天,他一觉醒来,感到口苦舌焦,肚子又饿,便叫侍卫弄点儿美味吃吃。他一声令下,侍卫忙下去准备,不一会儿就恭恭敬敬地端上五鼎菜肴,一大斛绍酒。"诸侯五鼎食"是先朝定下的规矩。吴王夫差即使在行军打仗中,对此也从不疏忽。他见盘中鱼色金黄,甚是喜人,举箸品尝菜肴后,觉得味道也特别鲜美,是他从来没有尝到过的,便停箸问道:"这是什么鱼?为何如此鲜美?"其实,侍卫也不清楚这鱼的名字,见夫差兴致很高,就临场发挥,讨好地说道:"大王,这鱼是东海特产,平常很少捕到。今日大王洪福齐天,东海龙王特献此鱼于大王,就叫它黄鱼吧!"夫差一边吃,一边应声道:"唔,黄鱼,美鱼也!"黄鱼的名字就这样叫了下来。

夫差的食量很大,一会儿工夫,一条大黄鱼就吃完了。他一边吃一边想:这些断发文身的越人打仗没有本领,但在海里捕鱼倒有两下子,我把越国打下来,叫他们天天送黄鱼给我吃。他对侍卫说:"这美鱼味道极好,以后我天天要吃这个。"夫差一句话,

可把越国老百姓害苦了。当时,越国的渔夫谁也不知道吴王吃的"美鱼"是什么,但如果一天不向吴王纳贡,就要被处以重刑。没办法,只好把海里捕到的凡是颜色微黄的鱼,包括梅子、黄婆鸡鱼,当然也有黄鱼,一股脑儿都当作"美鱼"往宫里送。

吴王夫差第一次吃黄鱼时,一是人累肚饥,二是第一次尝鲜,当然觉得味道格外鲜美。后来吃得多了,也有点儿腻了,加上有时候吃的还不是正宗的黄鱼,或是路上耽搁了,味道就差得多了。夫差大发脾气,认为是侍卫和厨师在戏弄他,他盛怒之下接连杀了几个人,最后,命人把一个东海渔夫抓了来,要他跟着回到吴国去,专门为他烹烧"美鱼"。

渔夫没有办法,随身带了一包咸的黄鱼干,以便在路上充饥。到了吴国，夫差突然又产生了吃"美鱼"的念头，便立即叫东海渔夫去烹烧。东海渔夫知道大祸临头了，心想反正都是一死，捕不到鲜黄鱼，就把从家乡带来的几条咸黄鱼干洗了洗，再配上葱、姜、酒、糖等佐料，用急火清蒸，蒸熟后送了上去。

吴王立即被清蒸咸鱼的那股诱人香味吸引住了。他抬起头来，看看蒸熟的鱼，色泽白嫩，异香扑鼻；吃一口，味道竟比原来在东海边第一次吃的黄鱼还香。夫差高兴地问道："这是什么美鱼？味道如此鲜美！"东海渔夫道："这是黄鱼晒成的鱼干，蒸熟后又鲜又香。大王称之为'美鱼'，'鱼'字头上加个'美'，就叫它'鱼鲞'吧！"夫差剔剔牙缝，得意地说："好名字！鱼鲞，鱼香！哈哈哈，就叫'鱼鲞'。"

自此，凡是腌制后的海鱼，人们就称之为"鲞"，意思是吴王朝思暮想的美味。

乡味解密

晒鱼鲞

晒鱼鲞，先要将鱼剖成片状，所以剖鱼的技术很关键。剖鱼鲞有专用的刀具，叫"鲞刀"。鲞刀手掌般大，形状犹如小斧子。

不同的鱼有不同的剖法。鲳鱼鲞、黄鱼鲞和马鲛鱼鲞，一般都是咸晒。将浸在咸卤里的鱼取出后，放在桌板上，

用鲞刀从鱼尾落刀，沿着鱼的脊背一直剖上来，通过内脏，直至头部，然后稍微用点力，将鱼头从中间劈开。一刀下来，原来一条长长的鱼，就被剖成了扇形。然后，去掉内脏和鱼鳃，用清水洗净后，就可以晒了。

"老宁波"把墨鱼鲞称为乌贼鲞或螟蜅鲞。墨鱼鲞一般是淡晒的。剖墨鱼的流程要烦琐一点，一般来说要剖三刀。第一刀从头部落下直至腹部正中切开，再在两只眼珠上左右各剖一刀，然后由尾部起清理内脏，但保留背骨。经过多次阳光下的翻晒和海风吹拂，墨鱼就晒成了鲞。接下来，渔民会把晒干的墨鱼鲞堆积在一起，让它"发花"。一段时间后，墨鱼鲞的表面会出现一层像柿饼上的白霜一样的东西，这就成了标准的上品墨鱼鲞。

鱼鲞有两种晒法，一种是在竹器或渔网上晒，另一种是用绳子扎住鱼的尾部，吊在支架上晒。吊晒时必须将鱼身用竹篾撑住，以防鱼身合拢，影响晒干效果。

甬式熏鱼

肉嫩骨酥的传统年味

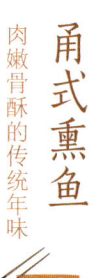

每年的冬日岁末,"老宁波"总会早早盘算起当年的过年菜谱。一家之主在本子上列好菜单后,往往还会反复斟酌,进行增减。越临近除夕,就越忙碌:杀鸡、煮肉、晾鳗鲞、晒腊味……这其中,当然包括制作肉嫩骨酥的熏鱼。

甬式熏鱼是宁波地区逢年过节必备的一道美味菜肴,是老宁波人餐桌上常有的冷菜。鱼肉尝起来外脆内软,鱼香满溢,慢慢品味,唇齿留香,别有一番滋味在心头。在宁波的一些地区,熏鱼也叫作"爆鱼",吃爆鱼讨口彩,不但年年有余,而且"爆"字还有"发"之意,寓意颇好。

宁波人吃鱼的方式很多,但熏鱼却流传至今。大概是早先保存食物的方式不多,聪明的人们就开始使用腌制、风干、糟醉和烟熏等方法,却意外获得了与鲜食截然不同的特殊风味。腌制晾干的鱼肉,再经过热油煎炸,会散发出一股诱人的香味。

当然,它的卖相也是一大特色。刚出锅的鱼肉呈酱红色,此时鱼肉上的热油还在嗞嗞作响,即使不蘸任何佐料,就是这样单单咬上一口,也会被这紧致有嚼劲的肉质吸引,大呼美味。

其实熏鱼的吃法还有很多,红烧熏鱼、五香熏鱼、糖醋熏鱼等,就是"老宁波"人尽皆知的那一碗"老三鲜",也少不了熏鱼的加入。宁波的"老三鲜"一般由肉圆、蛋饺、熏鱼等食材组成。过年吃这份三鲜汤也颇有美好的寓意,肉圆代表"团团圆圆",蛋饺代表"金元宝",熏鱼当然象征"年年有余"。

熏鱼作为苏浙一带过年的必备食物,其实由来已久。明代《宋氏养生部》中就有详细记载:"治鱼为大轩,微腌,焚砻谷糠,熏熟燥。治鱼微腌,油煎之,日暴之,始烟熏之。"食品的烟熏处

理技术最早出于防腐的目的,只是在保鲜的过程中,形成的一种独特的烹饪技艺。

现在的宁波人制作熏鱼,其实已经不会用到烟熏这一步骤,只是通过腌制、晾晒,达到使鱼肉紧致的目的。现在宁波人做熏鱼,一般都会选用草鱼或者青鱼,但此前,其实一直是各色鱼种混杂,包括马鲛鱼、鲫鱼、鳜鱼、鲤鱼、塘鳢鱼等。

相比蒸、煮、炒,熏鱼的制作手法略显麻烦,所以现在的宁波人平时很少会在家制作熏鱼,想吃的时候就下馆子点上一份解解馋。但过年的时候,宁波人还是习惯在家里做上一回熏鱼,这样有仪式感的菜,在家里做更添年味。

说起这美味的熏鱼的来历,在江浙一带还流传着一个动人的民间传说。

明末清初有一王姓书生,家道中落,父亲早丧,由母亲一手哺养长大。他自小心地善良,饱读诗书,望有一日能有所成。一天晚上,天气寒冷,王书生伏案读书,渐累睡去。

夜深时分,王书生忽感背后一阵暖意而惊醒,发现一名女子,生得非常漂亮,正给自己盖被子。书生一问,才知女子是一只鱼精,在年幼时被书生放生,故来报恩。书生大喜。二人把盏夜谈,不知不觉互生情愫。书生家穷,冬末从未吃过一餐肉,天寒地冻,无心读书。鱼精为报恩,将自己身上之肉割下来,烧制后给书生与其母吃。鱼精每日进行熏制,书生可以每日尝到鱼肉味。鱼肉有补脑之用,再加上自身的天赋与勤奋,王书生终于考上状元。

回家报喜之时，王书生才发现鱼精早已魂飞魄散。王书生悲痛不已，于是向皇帝辞官还乡，在家乡专心经营"熏鱼"饭馆，希望有朝一日能再见鱼精。人谓之"人鱼之恋"。

从此，"熏鱼"这道菜逐渐成为江浙一带的名菜。

乡味解密

熏　鱼

熏鱼是宁波人年夜饭中的必备菜。熏鱼的制作工序比较复杂，很讲究技巧与方法。

宁波人制作熏鱼一般选用草鱼或者青鱼。先把鱼去鳞，去内脏，去除鱼头后，剩下的鱼肉就可以切片了。一般是整条鱼纵向切片，切成"U"形，厚薄要适中。太厚则腌制不进酱汁，也炸不透；太薄则一炸即干，硬得咬不动。

而后就是腌制鱼肉。往鱼肉中倒入适量的老酒、生抽，把生姜切成片后也放入其中。搅拌均匀后，静置1—2小时。随后把鱼肉从酱汁中取出，一块一块地摊在竹篾上晾干。一般晾上大半天，或者过个夜就差不多了。

接下来就是油炸鱼肉。为使鱼肉受热均匀，油要多倒一点，能让鱼块浮起来最好。将晾干的鱼肉投入翻滚的热油中，轻轻翻动，至两面炸熟。此时就能起锅，放入盆中待用。炸鱼肉时必须注意，鱼块不能一下子放入太多，以免顾不过来而炸焦，也容易炸裂。

　　油炸后的熏鱼其实已经非常美味，但是宁波人颇有讲究，端上饭桌前的熏鱼还会再进一步烹饪。糖醋熏鱼就是最经典的做法之一，符合大多数宁波人的口味。在一只碗中倒入适量的米醋、白糖和料酒，搅拌均匀后，再将熏鱼倒入干净的锅中，然后倒入调制好的酱料，文火收汁后就可以起锅装盘了。外焦里嫩、酸酸甜甜的糖醋熏鱼，让味蕾有一种别样的体验。

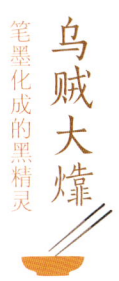

乌贼大烤
笔墨化成的黑精灵

乌贼,又称"墨鱼",是我国著名的海产品之一,在宁波沿海,特别是象山产量较丰,是宁波传统的海特产品。宁波人称墨鱼为"乌贼",或许就是因为墨鱼吐墨之后就能像贼一样溜得飞快。

宁波渔民长年在东海渔场捕捞,所以宁波人的餐桌上总少不了鱼、虾、蟹的影子。聪明的主妇总能利用时令食材,玩转出一道道"接地气"的家常菜。这其中,不得不提"乌贼大烤"这道菜。

宁波菜肴中的"烤"法,其实是指用小火将食材煨至熟软入味,令食材的精髓融入汤汁中。乌贼在灶上烤着,不多久便会散发出一阵类似墨水味的臭味,但慢慢就会被其特有的香味所替代。待烤干汤汁后,熄火,再将乌贼焐在锅里慢慢冷却。"乌贼大烤"不能用刀切,要用手撕成宽窄均匀的乌贼圈。切出来的乌贼,肉质纤维被破坏,口感略差,摆盘也难看。

乌贼不但鲜脆爽口,而且蛋白质含量高,具有较高的营养价值和药用价值。关于乌贼的来历,宁波民间有个饶有趣味的传说。

传说,有一天,秦始皇做了一个梦,梦见自己跟一位生得奇形怪状的海神打仗。醒来以后,秦始皇感到很恼火,他决定御驾亲征,巡视海疆,到东海大洋里去会一会海神。

秦始皇坐上一条大船,来到东海。东海的海神叫禺虢,是古神话中的大鱼"鲲",也会变成大鹏鸟。它知道秦始皇要会会它的消息,怕在陆地上相见要吃亏,于是,托了一个梦给秦始皇,叫他架座大海桥,从海桥上走到海里去会它。

秦始皇为这事犯了难。海上架桥,最难办的是立桥墩。秦始皇东走走,西瞧瞧,到处选石头,来到了山东省的阳城山。秦始皇有条神鞭,名叫"赶山鞭",有赶山驱坡的神力。只见他挥动神鞭,瞬时,阳城山的石头都晃动起来,跑到了海中央。海上有了大石头,立桥墩的问题解决了,秦始皇立即下令要在三天内铺好桥面。

过了三天,大海桥架好了。秦始皇也带着随从来到海滩上。秦始皇恭恭敬敬地焚了香,磕了头,表示要到海上与海神相见。这时,在海的中央涌起了一个巨浪,传来奇怪的声音:"秦皇陛下,你的心意我知道了。我同意你从桥上过来相见。但我有约在先:本神相貌奇异,不准画形图影。若有违犯,定罚不饶。"秦始皇连连点头。等浪涛平息,他就勒缰驱马,带着几个随从走

上大海桥。

别看秦始皇吞并六国,雄风十足,但到海上去会见海神还是生平第一回,心里真有点儿怕,便用身上背着的一只"算袋"来壮胆。马儿走着走着,来到了大海桥的尽头。大海里腾起一股水雾,渐渐显现出一张巨大的面孔。这张面孔狰狞可怕,同秦始皇梦中所见的海神十分相似。秦始皇欲同海神聊谈,忽见那怪脸突然变了色,只听得一声怒吼:"秦始皇,你不守信约,怎么暗中派人来描画本神的面相,还带这'算袋'来威胁于我?"说着,海神把脸一抹,变成一条大鱼潜入海中不见了。霎时,天空暗沉下来,雷声隆隆,狂风托起了巨浪,吓得秦始皇不知所措。

原来,秦始皇的随从里有个绘画高手,趁着秦始皇和海神见面的时候,想把海神的模样画下来。谁知,被海神发现。海神这一怒喝,吓得秦始皇拨转马头就往回逃,又匆匆忙忙地摘下算袋,往大海里一丢。紧接着,一瓶墨汁从空中倒了下来,不偏不倚，都倒进算袋里去了。原来是偷画海神模样的随从，见海神发怒，自知大祸临头，赶忙把墨泼入海中，逃之夭夭。可怕的事情发生啦！桥墩下陷，桥面扭曲，大桥下沉了。亏得秦始皇骑的是匹神驹，马儿风驰电掣般往回奔，秦始皇才捡回来一条性命。

从此，大海里有了乌贼。乌贼是秦始皇的算袋所化，所以形状像袋，长长的乌贼须，像袋带。乌贼体内有个墨囊，能喷出黑色的墨汁，这是墨汁倒入算袋的缘故。

乡味解密

雪菜炒乌贼

乌贼是宁波人餐桌上的常客，做法多样，味道鲜美，除了"乌贼大燠"，"雪菜炒乌贼"也是宁波人钟爱的家常下饭菜。雪菜炒乌贼的制作材料主要有乌贼、雪菜、姜、盐、料酒、油等。

烧制该菜的第一步，是用刀在乌贼片上横切间隔约0.5厘米宽的条，只切上面的一半，下面的不切，注意不要把乌贼切断。再在乌贼片上竖切出间隔为0.5厘米宽的条，这次要全部切到底，使之成齿轮状。雪菜洗净切末，姜切丝，红椒去蒂去籽，切成圈。

接下来，锅中倒入清水，大火煮开后，加入少许料酒，将切好的乌贼条放入水中余15秒后捞出沥干。锅烧热后倒入油,待油四成热时,放入姜丝煸出香味,放入雪菜和红椒圈,大火煸炒30秒,再放入墨鱼条煸炒10秒,加糖调味,再翻炒几下即可出锅。

雪菜炒乌贼做法简单,乌贼吃起来Q弹而富有嚼劲,肉质脆嫩鲜美,配以酸爽清口的雪菜,营养均衡,特别能唤醒人的食欲。

清蒸鲥鱼

因时而至的鲜美之味

鲥鱼,肉质细嫩,脂厚味美,营养丰富,产于长江下游,向来被誉为江南水中珍品,与河豚、刀鱼并称为"长江三鲜"。宋诗人苏东坡曾这样赞美鲥鱼:"芽姜紫醋炙鲥鱼,雪碗擎来二尺余。尚有桃花春气在,此中风味胜莼鲈。"

鲥鱼主要生长在海洋中,以食浮游生物为生。大约在每年的三月,鲥鱼开始进入长江口,溯水而上,最远可以到达湖北省境内,全过程历时 2—3 个月。一般情况下,在一个地段的长江水域中,鲥鱼的捕捞期只有 1 个月,过了捕捞期,鲥鱼就消失得无影无踪了。正因为这种"因时而至"又"因时而去"的特性,人们把它叫作"鲥"或"鲥鱼"。

鲥鱼鳞白如银,鳞层里积有脂肪,因此烹调时不去鳞。烹调方法有清蒸、红烧两种,以清蒸为佳,色泽美观,肉极肥嫩,口味鲜美,爽而不腻,若以姜醋蘸食,其味更美。有句谚语说:"宁吃鲥鱼一口,不吃草鱼一篓。"鲥鱼鱼鳞富含蛋白质,吃到嘴里非常鲜美。

清蒸鲥鱼,是宁波地区的一道名菜。《直省志书·宁波府》曾记载:"鲥鱼,海出者大,甘肥异常,腹下细骨如箭镞。"宁波临海,有甬江流入大海,宁波人吃到的大多是海中捕捞的鲥鱼。清人《事物异名录》则讲:"箭鱼即鲥鱼,海中者最大,腹下细骨(实际上是鳞片)如箭镞,俗名'箭鱼'"。古人根据鱼"腹下细骨如箭镞"而把它叫作"箭鱼"。

在浙东沿海地区,清蒸鲥鱼这道名菜的背后还有个有趣的故事。

从前,在东海边上有个村子,村里有一户姓张的大户人家。老夫妻俩有三个儿子。这对老夫妻平时爱吃鲥鱼,因此在长子、次子择婚时,总要预先打听好哪家姑娘是烹调鲥鱼的好手,方才上门求亲。所以,两个儿媳妇烧鲥鱼的手艺一个胜过一个。

过了几年,三儿子也成了亲,娶的媳妇是个渔家之女。婚后,小夫妻十分恩爱。到了三朝,按照"三朝入厨下,洗手做羹汤"的风俗旧例,新媳妇在这一天要烧一样拿手好菜孝敬公婆。

当时,一般人家做羹汤都用鱼,"鱼"和"余"谐音,所谓"吃剩有余",讨一个口彩。张家当然也是老规矩,买好一条大鲥鱼,要试试新媳妇的手艺。

大媳妇和二媳妇早已听说新弟媳妇是烧鲥鱼的巧手,但心

里总不大相信：一个渔家之女，能烧出什么高明的菜来。为了探出个究竟，两人便藏在暗处偷看。只见新媳妇一到厨房，将一块绣花围裙往腰上一束，就麻利地取过鲥鱼，用水冲洗干净，取过菜刀，"嚓！嚓！嚓！"三下五除二，把鲥鱼身上的鳞片刮了个干干净净。大媳妇、二媳妇看到这里，忍不住用手捂住嘴，幸灾乐祸地走了。

原来，鲥鱼与别的鱼不同，它的油脂都依附在鱼鳞上面，若是将鱼鳞刮去，那烧出来的鱼肉就会粗糙、不肥嫩。所以，两位嫂嫂一见新弟媳把鱼鳞刮去，都感到好笑，就各自回房等着看笑话了。

过了不到半个时辰，一阵扑鼻的鱼香从厨房里飘出来，闻得两位嫂嫂馋出了口水。两人快步走出房门，只见新弟媳妇手托一只红漆木盘，盘里端端正正地放着一只青瓷海碗，碗里盛着一尾热气腾腾的鲥鱼。乳白色的鱼汤上，浮着一层淡黄色的鱼油；鱼背上均匀地撒着红色的火腿丁、紫色的嫩姜芽、碧绿的香葱，衬着那雪白肥嫩的鱼身，不要说吃，就是看一看、闻一闻，也够美的了。

三媳妇把蒸好的鲥鱼端到堂前，公婆一尝果然好吃，赞不绝口地说道："我们可从来没有吃过这样又嫩又香又肥又鲜的鲥鱼。"说得两个嫂嫂直纳闷儿。

事后，妯娌们在闲谈中，问到那次烧鱼的诀窍。三媳妇抿嘴笑道："也没什么诀窍，我在娘家时，父母也喜欢吃鲥鱼，只是年岁大了,嫌鱼鳞费牙。我细细寻思,得了一法:缝就纱囊一个,剖鲥鱼时先将鱼鳞刮下,漂一漂装入纱囊后扎牢,再在蒸笼盖顶上钉一个钩钉,把纱囊挂在钉上,盖笼盖时,对准下面放的鱼碗,最后用文火蒸透。这样,鱼鳞中的油汁滴进鱼碗里,鱼肉也就更肥嫩可口了。"两位嫂嫂听罢,不由得心里暗暗钦佩。

后来,这种烧法流传出去,清蒸鲥鱼便成了宁波乃至浙江、长三角一带的一道名菜。

乡味解密

清蒸鲥鱼

制作清蒸鲥鱼这道宁波名菜,需准备的食材主要有生净鲥鱼1条、猪网油、熟火腿、水发香菇、甜酱瓜、笋尖,辅以绍酒、白糖、精盐、味精、姜末醋等配料。

先把鱼洗净并去除内脏,注意不去鳞,背面朝上放砧板上,每隔1厘米直切一刀,刀深为鱼肉的一半。火腿切薄片,瓜、姜也切成片。取大面碗一只,将猪网油平铺在碗底,火腿放在猪网油中间,周围放香菇、笋、瓜、姜片,排列整齐,然后放上鲥鱼,加水和绍酒、精盐、白糖、猪油、葱结、姜块,上蒸笼用旺火蒸10分钟,出笼,拣去葱、姜,即成。上桌可带姜末醋料。

鲥鱼以端午节前后捕获的最好,配以火腿、笋、香菇等清蒸而成。由于鲥鱼鳞下脂肪肥厚，富含矿物质，故清蒸时不必去鳞。鲥鱼肉味甘、性平，有强壮滋补、温中益气、暖中补虚、开胃醒脾、清热解毒的功效。

荠菜春卷

春到人间卷异香

著名作家贾平凹说过,"人的胃是有记忆功能的"。一个人在年少时喜欢吃的美食,在他的味觉里会留下深深的烙印,即使长大了,也难以忘记。在宁波人的味觉记忆里,荠菜春卷的味道大概是无法被遗忘的乡愁。

在寒冷的冬日里,回乡的游子要是能咬上一口外脆里嫩、带着清香的荠菜春卷,大概顷刻间就能在这样的土味美食中找回久违的温存。而在许多老底子宁波人眼里,荠菜春卷则是他们从小吃到大的美食,因为用料简单,也因为实在太美味。

春卷又称春饼、炸春,是一种将烫好的圆似荷叶的薄面皮,卷上用荠菜、韭菜、香干、笋片、肉丁、虾仁等制成的混合馅料,经炸或煎制而成的民间美食。成品呈圆柱体,色泽金黄,酥脆鲜嫩,极受人们喜爱。古人写诗赞道:"薄本裁圆月,柔还卷细筒。纷藏丝缕缕,才嚼味融融。"

　　在宁波,大年三十的菜场里,春卷皮子和荠菜的价钿会水涨船高,一路飙升。在年夜饭里,吃腻大鱼大肉后,席中端上一道"油炸春卷",揾一碟玫瑰米醋,咬一口裹着荠菜、香干、冬笋的春卷,一股浓浓的野菜香气在口中回旋,俨然已尝到了早春的味道。

　　荠菜春卷就是以荠菜为主要原料制作的。荠菜味道鲜美,不仅远胜于苦菜、马齿苋等,较之白菜之类也不逊色,民间流行着"宁吃荠菜鲜,不吃白菜馅"语。宁波人并不只在早春的时候才会食用用荠菜做馅料的春卷。冬日的宁波,草木凋残,田野间的荠菜却开始萌发,抗严寒而独芳。这时,宁波人的桌上就会出现荠菜春卷。

　　春卷最早是由"春盘"演变而来的,当时的人们是将菜和饼放在一个盘中一起食用。宋《岁时广记》引唐《四时宝镜》载:"立春日食萝菔、春饼、生菜,号春盘。"每年立春这一天,人们将春饼、蔬菜等装在盘中,为"翠楼红丝,备极精巧"的春盘。明清时期，随着烹饪技艺的发展，春盘演变成了春卷，色香味形得到了改善和提高。春卷不仅是民间的节令食品，还成为宫廷菜肴，登上了御膳的大雅之堂。清朝的满汉全席128道菜点中，春卷是9道点心之一。

春卷历史悠久，在宁波还流传着这样一个有趣的民间故事。

相传宋朝年间，明州城有一个陈姓书生，年方十八，才貌出众。他有一个非常聪明、贤惠而漂亮的妻子，叫阿玉。两人你敬我爱，情投意合。

陈书生有志气，有抱负，读书专心致志，常常夜以继日，通宵达旦。贤惠的阿玉眼看着丈夫消瘦下去，心里好不难受。为了照顾陈书生，她总是陪伴着他起五更，睡半夜，每餐给他送去香美可口的饭菜。但陈书生读书实在太专心了，经常忘记了吃饭，阿玉只好热了一次又一次。阿玉想：老这样下去，丈夫的身体累垮了，怎么好啊！她想啊，想啊，终于想出了一个好办法。

第二天，阿玉用米磨成粉，制成皮，包上肉和菜，然后用油一炸，一股香气扑鼻而来。好啊！既能当饭，又能当菜，既省时间，吃起来也方便。陈书生从心里感激贤惠的妻子对自己的体贴关怀，从此他餐餐吃得香，吃得饱，读书的劲头更足了。不久，陈书生进京赶考，除了带去应试的用品，一路上携带的干粮就是妻子特地给他制作的这种食品。

三场试毕，陈书生得中状元。皇榜一出，他就高兴得把自己带来的干粮送给考官先生品尝。先生一吃，赞不绝口，便问陈书生是从哪家名师的饭铺买的。陈书生笑着告诉他，是自己的妻子做的。先生一听，诗兴大发，当场写诗一首，一时传为佳话。当时大家都称这干粮为"春卷"。

从此，春卷名声大振，后来竟成了地方官吏向皇帝进贡的上等礼品。

乡味解密

荠菜春卷

现在，很多宁波人喜欢吃春卷，却已经很少有人会自己做春卷皮了，一般是去菜场买现成的皮来，然后在自己家里裹上馅。家里自己包的，馅料必先炒到半熟。

荠菜洗净滤干切成1厘米长的小段。冬笋先在水里煮熟，再切成0.5厘米见方的小粒，香干也切成小粒，再将一小块瘦肉剁成肉末。

热锅倒油，先下肉末，炒到颜色转白，接着下冬笋粒翻炒，再下香干粒翻炒，最后把荠菜倒进锅里，撒盐、味精后短促翻炒，旋即盛起。盆底最好不见汤汁，如果炒过头，荠菜出水了，倒掉汤汁便可。

揭起一张春卷皮子，摊平，夹一大筷荠菜馅铺在皮子下端，拢成约6厘米长的条状，宽度以不撑到皮子边缘为度。从底部卷起皮子裹住馅料，将两侧面皮以"内八字"（前

方向内收)形式折向中央,双手握紧被皮子裹住的馅料往前卷,一直到头。收口处用春卷本身的分量压住即可。

烧一锅油至七成热,沿锅边缓缓滑入春卷,待锅中的春卷从白皮慢慢变为淡黄色,又渐渐变为金黄色,炸至颜色呈中间淡、两头深时,就可捞出装盘。

出锅后的春卷像一根根黄灿灿的金条,微微透出玉绿,甚是诱人,不时散发出的淡淡香味,让人垂涎欲滴。

荷叶粉蒸肉

软糯清香独一味

荷叶粉蒸肉是宁波地区一道享有较高声誉的名菜，被列入宁波十大传统名菜。它是用当令的鲜荷叶，将炒熟的香米粉和经调味的猪肉包裹起来蒸制而成，其味清香，鲜肥软糯而不腻，令人口留余香。夏天食用很合人胃口。在过去，能美美地吃上一块粉蒸肉，那满足的程度，远远胜过现今饱享一顿鲍翅参肚！

自古至今，我国民间向来有以荷叶包裹食物的习俗，唐代文学家柳宗元曾有"绿荷包饭趁墟人"的诗句赞美荷香菜肴。荷叶粉蒸肉的独特美味就源于荷叶的清香。取其自然清芬之气，用以包裹猪肉而蒸，既除肉中之膻臊气，又中和油腻添清香，与箬叶裹粽有着异曲同工之妙。民间认为荷叶清热、清心、凉血，入肴则可避暑气，去腻增香，因而用荷叶来蒸肉，真是物归其所，天之美作。

  荷叶粉蒸肉的独特美味在于制作得法。其制作需经过制粉、浸肉、包扎、蒸制等工序,十分讲究。制粉包括炒米和磨粉,炒米时需加点花椒、桂皮、茴香、山柰等香料,要炒得又熟又香,不能有焦气;香料的配置不可多也不可少,以增香去膻为目的,其香不能夺走肉香的本味,抹杀荷叶清芬的本香;粉不能磨得太细,应磨成虾子状,太细则会使成品发黏腻口,难有质感。浸肉时卤汁需淹没肉块,浸至入味约需 2 小时之久。肉入味后方能加入米粉,米粉的用量以收干卤汁、拌匀后能包住肉块为度,粉不能多也不能少,多则发腻,少又缺了风味。包裹时荷叶不能破,否则泄了香气和卤汁。蒸时应用旺火,蒸透蒸酥,使荷香、粉香、肉香融为一体。

  荷叶粉蒸肉的独特美味还在于原料的互融和互补。荷叶的清香赋予了菜品风味,其清芬的香味令人愉悦。米粉中和了原料的酸碱度，也吸收了猪肉的油脂，使成菜油而不腻。猪肉中融入了米粉的气味，通过调味和加热，其口味得到了改善和提升，成就了菜肴的特有风味。

如今，荷叶粉蒸肉在不少菜系中均有，如川菜、湘菜，还有浙菜中的杭帮菜，虽说各有风味，各具特色，但在"老宁波"心中，还是家乡的荷叶粉蒸肉风味最浓，口味最美。

要说这荷叶粉蒸肉的来历，在宁波民间还有一段浪子回头的故事呢。

从前，宁波乡下有一对夫妻，开一爿小饭店，生意虽清淡，可日子还过得下去。只是男人不争气，欢喜掷骰子，经常输得精光。女人说："你再赌下去，家当都要输光啦！"男人答："今天再掷两把，明天勿去哉。"其实，今天推说明天，明天再推说后天，九九归一还是天天赌铜钿。

有一日，女人交给男人几个铜钿，关照他上街去买盐。男人拎着篮子，走到半路，手又发痒了，转个弯，不去街上，反而钻到赌徒家里去了。"滴溜溜"几把骰子一掷，铜钿全部输光。他硬着头皮回到家里。女人问："怎么拎只空篮子回来，盐呢？"他只得直说："掷骰子输光了。"女人讲："没有盐怎么烧菜呢？"他接口说："家里还有几斤猪肉，切成块，用酱油拌一拌，我到门前池塘里采几张荷叶包一包，放在饭镬上蒸一蒸，说不定比放盐还好吃呢！"女人没法子，只得依照男人的主意去烧肉。想不到这主意还蛮灵，蒸了一阵，剥开荷叶，烧出来的肉又香又嫩又鲜,引得顾客啧啧称赞,都说味道好极了。

后来,夫妻两个又动脑筋,加佐料,肉块先用糯米粉滚一滚,再包荷叶。这样蒸出来的肉,荷叶碧绿,米粉雪白,熟肉鲜红,香糯可口,更加入味,慕名前来尝鲜的顾客越来越多,小饭店的名气也越来越响。

再后来,其他饭店也都效仿,此菜一时成了宁波的热门名菜,大家把这道菜叫作"荷叶粉蒸肉"。

从此,男人整日待在店里,帮女人一起张罗,不再掷骰子赌铜钿了。

乡味解密

荷叶粉蒸肉

荷叶粉蒸肉是宁波传统名菜中的夏令应时菜肴。它的制作主料有猪肋条肉、粳米、籼米、鲜荷叶,配料有酱油、姜丝、葱丝、桂皮、丁香、八角、绍酒、甜面酱、白糖等。

制作该菜先要将粳米和籼米淘洗干净,沥干曝晒。把八角、丁香、桂皮同米一起放入锅内,用小火炒拌至黄色,冷却后磨成粉。把肉皮上的细毛刮尽后洗净,切成长约6.5厘米的均匀长方块,每块肉中间各剞一刀。

而后将肉块盛入陶罐,加入甜面酱、酱油、白糖、绍酒、葱丝、姜丝,拌和后静置约1小时,使卤汁渗入肉内。接下来加入米粉搅匀,使每块肉的表层和中间的刀口处都沾上米粉。再将准备好的荷叶用沸水烫一下,每张一切成四,放入肉块包成小方块,上笼用文火蒸2小时即成。

　　荷叶粉蒸肉肉质酥烂,口感不腻,透着荷叶清香,佐酒、下饭或夹饼同食均佳。

酱爊猪头

抗倭将士的爱民情怀

"酱爊猪头"是奉化民间一道名菜,是用猪头肉和咸光饼加冰糖做成的一种拔丝食品。它最早出现在婚宴上。早年办喜事的人家,通常都会提前一天杀猪宰羊,那天的晚饭也就是俗称的"杀猪饭"。猪肉是喜宴上的主菜,但是猪头怎么办呢?聪明的奉化人就想到了把猪头肉切成薄片,与咸光饼一起加糖炖煮,没想到出来后的成品不仅好吃,而且甜甜的口味非常符合婚礼的气氛。随即,婚宴上要有酱爊猪头就成为一种习俗流传了下来。

关于"酱爊猪头"这道名菜的来历还有一个神奇的故事呢。

相传明朝时期,东南沿海常遭倭寇侵扰,四方百姓怨声载道,各地大小官员也纷纷向朝廷上书,要求派兵歼灭倭寇,清除外患。明朝皇帝既担心开战会出乱子,又觉得不把倭寇消灭,难以取信于民,始终举棋不定。主战派爱国将领戚继光主动请战,要求引兵到黄海、东海一带,平定倭寇。经他再三上表,皇帝准奏,允许他带兵出征。

戚继光到了江浙沿海,四处察看敌情。他深知:虽然手下将多兵众,步卒善战,但光凭这点兵力是远远不能肃清倭寇的,必须组织当地民众,依靠百姓的力量。有一次,他来到宁波,专门视察了奉化松岙、莼湖、江口、溪口等地。一路上,他讲得最多的是如何发动民众,共同抗敌。这一战略思想得到广大民众拥护。他一面调兵遣将,一面发动广大民众共同对敌。而入侵的倭寇不断扰乱,扬言要与戚家军决一雌雄。

奉化民众迅速组织起英勇善战的抗倭"义勇军",人数有数万人。大桥、溪口、江口、莼湖、松岙"义勇军"纷纷聚集训练。他们手拿长矛、斧头、柴刀、竹杠和锄头,要求与戚家军并肩作战。同时,他们还做好后勤准备,囤积粮食和其他战地用品,随时准备将大批物资运往前线。

一次,戚继光亲率兵将,到奉化大桥、溪口、江口安营扎寨,摆出与倭寇决战的态势。倭寇贼首得知,派了大批海盗从镇海、慈溪等地偷袭奉化。戚家军与奉化民众奋起回击,打得倭寇焦头烂额,死伤大半,残部狼狈逃窜,回到停在海面的船上。

在欢庆战斗胜利的时刻,奉化老百姓敲锣打鼓,宰猪杀羊,举灯舞龙,载歌载舞地涌向戚家军兵营。人们挑着慰劳品,慰问自己的军队。戚继光看到老百姓挑着这么多东西,如此拥护自己的军队,心里十分激动,他劝说:"父老们,倭寇流窜抢掠,

你们苦不堪言啊!这些酒肉是从你们口里省下来的,我们说什么也不能收,你们挑回去吧!"

老百姓一定要戚家军收下才肯走。戚继光下令,坚决不收。百姓代表好说歹说,戚家军只收下咸光饼,将其他几十担猪肉、

大米等食品退回。

当劳军百姓挑着东西回来时,其他百姓纷纷要求再送去。他们知道戚家军只收咸光饼,就想办法把东西做成咸光饼那样的再送去。有个来自溪口的厨师,与众人商量出了个好主意,他们将猪头肉、咸光饼和冰糖拌在一起,放在大锅里煮熟、冷却后,当作咸光饼再次送到戚家军的营地。将士们吃了这种"咸光饼",都说味道好。奉化其他地方的百姓也学溪口的办法,迅速制成"酱燠猪头"送给戚家军。

戚继光尝了一口"酱燠猪头",认为味道很好。经他再三打听,才弄清楚这样的"咸光饼"唯奉化独有。他心里清楚百姓的一片心意,当即说了句:"百姓爱兵,犹如爱子,倭寇不除,誓不回朝!"

从此,奉化的"酱燠猪头"名传四方,在民间作为一道名菜传承下来。每家每户来了贵宾时,主人一定会拿出这道名菜招待客人。

乡味解密

酱爆猪头

"酱爆猪头"的加工程序不多,几乎一学就会。原料也便宜,用猪头肉、咸光饼和冰糖等按比例拌和在一起加工而成。

先将猪头肉切成小块,放入油锅炒熟。再将切成小块的咸光饼入锅,一起炒至微黄。然后加入事先熬制好的冰糖浆,待能拉起丝时即放入芝麻和红绿丝,调拌均匀即可出锅。

制作"酱爆猪头"时要把握好准、力、快三大要点。油温的控制一定要准确,否则会影响"酱爆猪头"的口感。炒糖色对手腕力量的要求很高,翻勺速度要快,等到绵白糖液化成焦糖色,就需要立马关火,将酥饼倒入,靠余温上糖色。拔丝过程中讲究一个"快"字,趁着糖色还未凝固,要将"酱爆猪头"拔丝、分装入罐。

传统的"酱爆猪头"是奉化地区喜宴上的一道必备菜。趁热夹一筷裹着糖衣的"咸光饼",入口松脆香甜,因猪头肉本身不肥,平常吃不到的甜味猪头肉,嚼起来另有一种独特风味。

近年来,"酱爆猪头"被开发成副食类商品而受到食客追捧。改良后的"酱爆猪头",不再用猪头肉等原料,但熬制白糖时加了银耳,既增加了拔丝的韧度,又增加了营养成分。

第二辑

河海之鲜

HEHAI ZHIXIAN

长街蛏子

朝来饱啖西施舌

蛏子,学名缢蛏,属软体动物,是双壳纲帘蛤目贝类动物,生活在海洋之中,为常见的海鲜食材。贝壳脆而薄,体长形扁,白壳顶到腹缘,有一道斜行的凹沟,故名缢蛏。宁波沿海一带多滩涂,养殖蛏子有得天独厚的优势。据清《宁海县志》记载:"蛏,蚌属,以田种之谓蛏田,形狭而长如中指,一名西施舌,言其美也。"

宁波人吃海鲜,讲究个应季应时。什么季节吃什么海鲜,很有一番说头。"麦碎花开三月半,美人种子市蛏秧。"清明前后,蛏子肥壮已有八成;到了端午,蛏子肥嫩饱满,味道最佳;小暑前后的蛏子也不错。最不济的是秋天,蛏子在白露前后抱卵,寒露前后产卵,这段时间的蛏子寡淡无味,故有"八月蛏,剩根筋"的说法。

宁波的蛏子,以宁海长街的最为出名。长街一带,濒临三门湾,常年有大量淡水注入,海水咸淡适宜,饵料丰富,涂质以泥沙为主,十分适宜蛏子的生长。因而此地的蛏子生长快,个体大,肉嫩而肥,色白味鲜,故得名"长街蛏子"。

在宁海长街,有一整套关于蛏子的行话。裹着泥巴的蛏子,行话叫"干水蛏";从海边拉到内陆,先用海水冲洗干净,沿途要不停地喷水或养在水里,这样的蛏子,行话叫"胀水蛏"。在长街,有108种用蛏子做的好菜。任何人只要懂得让蛏吐泥,都能蒸、煮、燠、腌,做出不同的"味道":蒸、燠的蛏肉鲜嫩、汤汁香醇;炖出的蛏子肉鲜香、酥糯;腌后的蛏子则味咸可口。长街人最认一道"倒插蛏",他们觉得煮熟的蛏子蛏壳大开,会让鲜美的汁水白白流失掉,丧失最诱人的滋味,于是把洗净的蛏子一个个竖插进竹筒里,排得密密麻麻的,再放上盐、生姜和料酒,上火蒸七八分钟,这样所有鲜甜的味道都可以留住了。清代温州司马郭钟岳吃了长街蛏子后,写了一首《西施舌》:"西施舌本尚留香,海客偏能数数尝。不在若耶溪上去,惭将颜色对吴王。"

这么好吃的蛏子是怎么来的呢?

相传古时候,宁海长街一带是汪洋大海,只有山边有几个散散落落的渔村。一天,村里来了个远行的讨饭人。讨饭人岁数蛮大,头发雪白,虽然穿着千补万衲的衣裳,倒也清清爽爽,人们都不讨厌他。

讨饭人日里讨饭,夜里困在土地堂,讨饭时在人家门口一站,不声不响,随便你给他多少,他总是向你笑一笑就走了。每

天,他只讨一次饭,一天一户人家,依次讨过去。讨完了这个村就到那个村,待几个渔村都讨遍,又从头开始讨。起初,人们觉得这个讨饭人有点奇怪,后来也就习以为常了。

一回生,二回熟。几年过去,人们都把这个讨饭人当作自家人看待。逢年过节,好心肠的人都送点节气"大日"到土地堂。第一个人送去,他像讨饭时那样笑笑,收下。第二个人送去,他说声"谢谢,吃不了",就退回。不久,人们又发现了一件怪事:这个讨饭人收取人们送去的节气"大日",也在轮流。起初,人们还以为是巧合,后来一对——巧也巧不到这程度。有人出于好奇,故意接连送,讨饭人会说:"上一回吃了你的,这一回谢谢了。"这一来,人们真觉得奇怪起来了。大家议论纷纷,都说这个讨饭人是"奇圣",是"神仙"。于是,人们就把他当作"神仙"看待。

讨饭人在土地堂一住十年。有一天,他生病了,大家都去看望。这个平常没三句话的讨饭人,这回开腔了。他感谢大家十年来的善待,说现在他要死了,死后一定报答大家。他说在他死后,要照讨饭人死的"卷席筒"规矩葬,把他抛到海里去。

讨饭人死了,人们用一领新席子卷起他的尸体,抛进村前的大海。潮水退了,海滩上却排满了小小的"卷席筒":外面包着薄薄月牙样子的硬壳,里裹一身白肉;壳子的一头露出两根管子,像两条小腿;另一头露出一个舌头。这种东西,人们之前见也没见过,大家认定是讨饭人变的,认为讨饭人是神圣的化身。大家就把这东西叫"圣",后来到了读书人的手里,便写成"蛏"。

乡味解密

爆炒蛏子

爆炒蛏子是一道好吃的家常海鲜菜,食材有蛏子、香葱、生姜、黄酒、生抽、油等。

爆炒蛏子做法较为简单。首先要将蛏子提前浸泡在水中吐沙洗净;生姜切丝,香葱切段备用。接下来,在热锅中倒入冷油,炒香姜丝和香葱段后,马上在锅中加入蛏子,倒入黄酒和生抽一起翻炒片刻即可出锅。注意翻炒时火力一定要大,速度一定要快。

好的蛏子肉色洁白,肉质肥厚,质地干燥,略带咸味,没有泥沙杂质。活体剥开后其肌肉富有弹性,足部乳白色呈半透明状。经爆炒后的蛏子肉质鲜美、微甜,肉嫩而鲜,风味独特,具有缢蛏特有的清香味,是佐酒的佳肴。

西店牡蛎

龙女乳汁始沥成

牡蛎是我国的传统美食，也是大家爱吃的海鲜，宁波人称之为"蛎黄"，是一种生活在浅海中的甲壳类软体动物。冬季是盛产牡蛎的季节，俗语称"冬至到清明，蛎肉肥津津"，意思是说，到了冬季，蛎肉最为肥美，是一年中最好吃的时节。这时，宁波城乡菜市场里，那一盆盆洁白圆润的蛎肉，备受人们青睐。宁波有句老话，"烧得牡蛎菜，上得大场面"。由此可见，牡蛎是招待宾客的上等菜肴。

宁海有浙江省最大的牡蛎养殖基地。牡蛎在宁海的海鲜系列中被列为"八鲜"之一，在山珍海味中属"下八珍"。西店镇位于象山港的纵深处，海中岛屿罗列、港汊纵横，形成许多风平浪静的海湾。这里海水咸度适宜，水质肥沃，饵料丰富，是牡蛎生长最优良的海域。牡蛎养殖在西店已有700年历史。明代诗人邬熊卜有诗曰："登云桥前江水流，家家曲港蛎船收。飓风猛雨寒不怕,赚得钱来得自由。"登云桥现称镇东桥,说明西店牡蛎早已闻名遐迩了。

西店成为"牡蛎之乡",还有一个美丽的传说。

相传,东海龙宫里有一位宫女,名叫罗娥。她在龙宫里虽然不愁吃不愁穿,但时间一长,感到太寂寞凄清,于是偷偷化作一条美人鱼,溜出了龙宫。罗娥游啊游,感到从未有过的自由舒畅。游到象山港尾的铁江后,她有些乏了,就坐下歇息。之后,她微微睁开眼睛一看,真是喜煞人:附近的村庄在蓝天白云的烘托下,桃红柳绿,房舍俨然,男耕女织,怡然自乐。罗娥想不到水晶宫外还有另一个世界,她想:要是能生活在人间多好呀!正在沉思默想时,不觉身子一颤,落到了网里。

这时候,一个小伙子提起渔网一看,见这条鱼同别的鱼不一样,锦鳞红艳,苗条秀气,好像还有手有脚,这不就是人们常说的"美人鱼"吗?他提网回家,把鱼儿放在木盆里。只见鱼儿嘴巴一张一合,眼珠子像珍珠一样明亮,非常可爱。于是他悄声说:"鱼儿啊,你就住在这里给我做伴好吧?你看我上无父母,又无兄弟姐妹,多孤单。"罗娥面对这个善良俊美的小伙子,眨了眨眼睛,点了点头。

夜幕降临,小伙子上床睡觉,梦见鱼儿化作一个美丽的姑娘站在床前。姑娘对他说:"你不杀我,非常感谢你,我也不想回水晶宫了,就与你做伴吧。"小伙子隐约听到说话声,猛地从睡梦中醒来,只见眼前站着一位姑娘,羞涩紧张。小伙子说:

"你不要害怕,我不会伤害你的。"就拉姑娘坐到床边,问道:"姑娘,你是鱼儿化身吧!莫非从水晶宫而来,叫什么名字?"罗娥答道:"是啊,我是鱼儿化身的,在龙宫里是一位宫女,对龙宫生活已厌烦了,想到外面散散心,不小心被你捕捉了。我叫罗娥,你叫什么名字呢?"小伙子说:"我名叫邬伟,家中只有我一个人,请你留下与我做伴,过一辈子好吗?"罗娥红着脸:"你若不嫌弃我,我愿意留下。"

邬伟心里比吃了蜜糖还甜,两人就结成了夫妻。婚后夫妻恩爱,邬伟干活更加勤快了,罗娥勤俭持家,小两口生活过得有滋有味。一年后,罗娥生下了一个白白胖胖的儿子,邬伟高兴得合不拢嘴。

一天,邬伟与罗娥说,要去双山捉红钳蟹做蟹酱。因为蟹很多,邬伟不停地捉,竟忘记了回家吃中饭。在家的罗娥眼看太阳过午,不见丈夫回家,怕丈夫挨饿,就将儿子哄睡后,提上饭菜送到双山来。在丈夫吃饭的时候,罗娥见双山景色秀丽,就到山下岩边去玩耍。谁知一不小心,双脚在海涂上一滑,身体往岩石上俯卧下去。罗娥"啊哟,啊哟"喊了两声,双乳流出奶水喷洒在岩石上。罗娥的喊声惊动了邬伟,他赶快放下饭碗,跑到妻子身边将妻子拉起,说道:"以后在海边走路要小心,泥涂很滑的。现在我们回家吧!"邬伟提上红钳蟹,罗娥拎上饭碗,一前一后往家走。

大约过了半年,邬伟又到双山去捕鱼捉蟹。说也奇怪,他

发现被妻子奶水喷洒过的岩石上,凝结出一块一块凹凸不平的厚壳状物体。他敲下四五块带回家,用钳子撬开后,见有白色肉状物,一吃,味道鲜美极了。邬伟将这奇事告诉乡亲们,乡亲们都感到很稀奇。但这肉状物叫什么名字呢?有一位乡贤想到这是邬伟儿子的母亲沥出的奶水凝结而成,就用谐音取名"牡(母)蛎(沥)"。从此,牡蛎之名就叫开了。

到了南宋末年，西店有个进士姓冯名唐英，目睹这里宽阔的滩涂上生长着一簇簇牡蛎，却无人问津。他想：何不教民众开采野生牡蛎，聚石养蛎？经过冯唐英风餐露宿、不厌其烦的教诲，西店沿海的石孔头、团堧、铁江等十来个村的村民都纷纷下海采挖牡蛎，并开始养殖牡蛎。他们春整滩，夏抛石，秋翻菌，冬收获，三年轮作，坚持不懈。牡蛎养殖业越来越兴旺，逐渐成了西店沿海各村的一大产业。

乡味解密

西店牡蛎

西店牡蛎产于铁江，有上下两层厚壳，壳的表面凹凸不平，蛎肉就裹在坚硬的壳里。蛎肉质细嫩，营养丰富，

素有"海鲜牛奶"之美称。蛎肉含有丰富的蛋白质、脂肪和肝糖等,其维生素、锌、硒的含量之多为其他动物所远远不能及,且碘的含量超过鸡蛋和牛奶,具有养精、补血、滋阴的功效。

牡蛎的吃法很多,蛎肉烧豆腐、蛎肉炒蛋、蛎肉炒冬笋、蛎肉三鲜汤、生蛎肉……生食、热炒、煲汤,每一种做法的味道都很鲜美,其中生吃牡蛎十分受欢迎。此菜做法简单,只要用凉开水将蛎肉洗干净,在酱油里加点姜丝、米醋,蘸着吃即可,味道鲜嫩爽口。

凫溪香鱼
王昭君香气所化

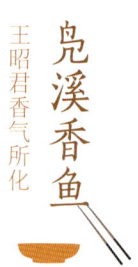

香鱼是一种小型名贵鱼,肉质细嫩、无腥味,因其背部有一脂肪腔能散发出阵阵清香,在民间被称为八月香、油香鱼、留香鱼等。火焙后制成的香鱼干呈金黄色,色、香、味俱佳。香鱼味道好、营养价值高,是滋补佳品。

香鱼之名,缘于它真的有香气。传说香鱼是王昭君的香气所化。王昭君美貌举世无双,身上还有种扑鼻的异香,人称"香美人"。一天,王昭君到香溪河边洗衣服,一群小鱼向她身边游来,其中一条小鱼居然钻进了她的裤筒,不肯离去。

王昭君捧起小鱼细看,小头尖嘴,体色青黄,尾部又细又长,犹如凤尾,漂亮而又可爱,就把它捧回家中。王昭君心想,香溪里这种小鱼很多,如果味美而质鲜,遇到灾荒年头,乡亲们就可捉鱼充饥了。

于是,王昭君挑了个黄道吉日,把自己浴身后充满香脂气息的浴水倒进溪里。她一边倒浴水,一边唱着:"溪百里,生贵鱼,济贫穷,上宴席。"说也奇怪,王昭君浴身后的香脂水,瞬间就变成了一条条活泼可爱的小鱼,其形状酷似她先前捉到的那条小鱼,但背脊上长出了一条满是香脂的腔道,并散发出阵阵芳香,奇特的香鱼就这样产生了。

随着时间的流淌,香鱼从王昭君的家乡放养到江浙一带,这些地方也成了香鱼的产地。其中,以宁海凫溪产的香鱼为佳,其肉质细嫩清美,且伴有丝丝黄金瓜香味。凫溪香鱼的历史悠久,宋端平二年(1235),进士储国秀所作《宁海县赋》中便有记载。清乾隆三十九年(1774),宁海知县徐恕曾作诗描绘:"凫溪渡日夜捕鱼,王水清波画不如。何事秋风鲈鲶尾,芳鳞三寸是香鱼。"

相传,乾隆皇帝下江南,邂逅了宁海凫溪香鱼之美味,深藏闺中的凫溪香鱼从此被钦定为贡品,名扬天下。

250多年前一个风清月白的仲夏夜,悠游江南的乾隆帝来到宁波,游了天童古刹,闻听台州府宁海县"山有天门磨注之雄,水有广度浮(凫)溪之秀",于是游兴大增,便与宠臣和珅装扮成客商,向南而来。

走到半途,一条大溪挡住了去路。溪水清澈见底,鱼儿自由游翔。乾隆皇帝捡起一块圆卵石向溪中掷去,激起了朵朵水花,惊散了游鱼。正当乾隆玩得高兴时,上游传来了歌声:"凫溪水啊清悠悠,我驾竹排溪中游。捉来香鱼配美酒,皇帝老子

没福口。"

乾隆一望,只见几个渔夫撑着竹排,口唱山歌手捕鱼,网落网起,活蹦乱跳的鱼儿,一条一条装进了鱼筐里。乾隆越看越想看,竟乐得忘归,直到夕阳西下,才蹚水过溪。

君臣二人牵着驴子,来到村子外的一座庙,只见西厢房一个渔夫在剖鱼,一个渔夫在劈柴煮饭。乾隆心想,皇帝老子今天有口福了,偏偏要尝一尝,就对和珅说:"今夜就在这儿借宿吧!"和珅走到庙里,对渔夫说:"我们主仆两人路过此处,想借宿一夜,不知可否?"渔夫说:"客官,我们是从外地赶到这里捕鱼的,都是出门人。好吧!"

和珅从驴子架上卸下铺盖,把东厢房扫了扫,搬了些干草,打开铺盖。乾隆疲倦至极,一头倒进草铺里。和珅给了渔夫一些钱,劳他们多煮些饭。一会儿工夫,饭好鱼熟,乾隆闻到香味,肚子饿极了,便一骨碌爬起来。老渔夫端出一瓶酒,邀二人入席,大家围坐在廊下的大石板上吃了起来。

乾隆酒足饭饱，尝了这鲜美的鱼汤，十分畅快。他回到东厢房躺在草铺上想：山珍海味怎比得上这鱼汤的滋味，难怪他们说皇帝老子没口福尝了。突然，一股浓郁的香味又飘到了乾隆的鼻子里。他从草铺上爬了起来，向香味飘来的方向看去，只见渔夫正在用火烤鱼，条条鱼干，金黄发亮，香气扑鼻。他真想再尝一尝，但又怕有失礼数，只好用鼻子来享受这美味。闻着闻着，就不知不觉地睡着了。

第二天临走时，乾隆叫和珅买下了渔夫全部的香鱼干，便上路而去。

乾隆带着鱼干回到皇宫，让太后、妃子、皇子皇孙都分尝香鱼的滋味，大家吃了都还想吃。乾隆就敕令浙江抚台进贡凫溪的香鱼干，地方官为了讨好皇帝，年年上贡。从此凫溪香鱼就成了珍贵的贡品了。

乡味解密

盐烤香鱼

香鱼做法十分多样，食味鲜美，嫩而不腥，油而不腻，并伴有丝丝令人愉悦、若有若无、不可名状的香。盐烤是最常见也最简单的做法。

制作盐烤香鱼，先要将香鱼洗净，鳃跟鱼鳍等部位要特别冲洗干净，然后用纸巾吸掉多余水分。接下来，在洗净的鱼身上撒上薄薄一层盐,建议鱼鳍、鱼尾这些比较容易烤焦的部分抹得厚一点。抹盐的最主要目的不是调味,而是起到降温、防止高温伤及鱼皮的作用,也能防止肉汁流失。将抹上盐的香鱼放入已调至200℃预热10分钟的烤箱,烤15分钟左右,单面烤至七分熟时可以翻面,让鱼身受热更均匀,颜色和酥香度都会更佳。

烤好的香鱼,食用前可撒上些白芝麻,挤上一点柠檬汁提味,做法简单却非常可口。盐烤香鱼没有过多的调味,如果担心有腥味,可以先用料酒稍微腌一下。

奉化摇蚶
茹毛饮血的秘味

摇蚶,又名蚶子,是一种软体动物,壳厚而坚硬,外表淡褐色,状如瓦楞,因而也称"瓦楞子",内壁白色,边缘有锯齿,产于我国沿海地区的海底泥沙中或岩礁隙缝中。

浙江出产的蚶子质量较好,尤以奉化所产的蚶子个大壳薄肉厚,肉质极嫩,异常鲜美。宁波当地人在食用蚶子时取用粗铅丝篓,把蚶子置于其中,放进沸水锅中反复摇动篓子,至蚶烫熟,故名。摇蚶为名贵的海产品,是宁波地区宴席冷菜中的"四大金刚"(摇蚶、新风鳗鲞、红膏炝蟹、蛎黄)之一。宁波历代文人都视其为珍品。清袁枚在《随园食单》中特别记载了此菜的几种吃法:"蚶有三吃法:用热水烹之半熟,去盖、加酒、秋油醉之;或用鸡汤滚熟,去盖入汤;或全去其盖做羹亦可,但宜速起,迟则肉枯。"如今宁波仍然保有这几种烹调方法。

唐元和四年(809),奉化蚶子因品质特优被列为"贡品",每

年送一石五斗至京师长安。宁波至长安相距数千公里,沿途传送路役数以万计。到了唐元和十五年(820),越州刺史兼浙东观察使元稹,见民众疾苦,便上书穆宗,说蚶役使"人不胜其疲"。到了唐长庆三年(823),朝廷才下旨免除"蚶役"。

奉蚶在奉化的养殖历史悠久,主产于奉化的鲒埼、莼湖、桐照等地的海边滩涂上。据记载,元至正三年(1343),鲒埼一带就有人工繁殖蚶子。元《四明续志》载:"有芽蚶,壳棱细布。肉肥,多出鲒埼,冬月有之。亦系苗种之海涂,谓蚶田。"一直以来,奉蚶养殖都是采用传统的"筑塘蓄水法",冬季放养,至第二年10月捕捞上市。以小寒到大寒期间捕捞的最为肥美。

海涂里蛏子、文蛤、沙蛤等贝类动物很多,唯独蚶子里有血,据说吃了能滋补身体。那么蚶子里的血是从哪里来的呢?

传说,很早的时候,一个偏僻的山村里有个后生叫海子,因为他母亲生他时,梦见了大海,就给他取了这个名字。他3岁死了娘,10岁死了爹,从小就靠村里的叔叔、奶奶们照顾抚养,到了20岁,身子长得壮实,人又聪明勤劳,大家都很喜欢他。

有一年,村里九九八十一天没有下雨,草干了,地裂了,庄稼没有收成了,大家只好吃草根树皮,结果时间一长,全村人都生了病。什么病?谁也不清楚。村里的人个个都身体虚弱,隔几日就死几个人,整个村子里每天都是哭哭啼啼的,好不凄惨。

海子急得不得了,再这样下去,全村人岂不都要死光了?他左思右想,就是想不出一个好办法。一天傍晚,他正迷迷糊糊地在屋里睡觉,一个白胡子老人来到他的身边,对他说:"孩子,你若真的要救全村人的性命,赶快到大海边去寻找灵丹妙药吧!"说完,化为一阵清风,海子醒过来了,却不见白胡子老人的身影。

海子决心要到海边去寻找仙药。第二天一早,他就赶紧动身,翻过九十九座山,跨过九十九条溪,走了七日七夜,来到东海边上。只见白茫茫的大海,空荡荡的海涂,什么也没有。海子急了,大叫一声:"白胡子老公公,你在哪里?"喊完,头一晕,脚一软,跌倒在海滩上,头撞着礁石,血流了出来。

待海子醒过来,只见他身边的海涂上冒出了数不清的东西。他捡来一看,这东西壳又硬又厚,凸起来像一条条地垄。海子也不知道是什么,他想这大概就是白胡子老公公所说的"药"吧!于是,他也顾不得伤,卷起裤脚,挽起袖子,拼命地捡啊,拾啊,将这些贝壳都装入带来的麻袋中。麻袋装满了,而他头上的血也染红了海涂,染红了这又硬又厚的贝壳。

海子硬撑着身子,背着麻袋往回走。肩膀磨破了,脚底磨烂了,摔倒在地上,他就拖着麻袋回家,膝盖也磨出了血,一路上留下长长的血印子。当他回到村庄时,就昏倒了。

村里人看到海子倒在地上,赶来扶起他,给他灌下了水。海子慢慢地睁开眼说:"药……药……快吃下……"说完,就死了。

村里的人吃了海子带回来的"药",没几日真的好了。想不到这"药"这么灵,大家更加怀念海子了,于是就把这不知名的贝壳叫作"海子",后来传来传去,就变作"蚶子"了。

乡味解密

烫蚶子

蚶子味极鲜且自带咸味,可直接食用。宁波人平时习惯用开水烫制一下后直接生吃。

烫制蚶子要先将蚶子放在钵中,倒入清水(浸没蚶子为度),用竹帚洗刷(要连续刷洗,不能中断,防止蚶子吸入泥水),至壳发白。倒掉泥水后,再用清水淘洗干净。然后

　　将蚶子放入沸水中略烫(不要烫得太熟,以免肉色发紫,失去鲜味),随即取出。如壳不易剥开,可将蚶子翻动几下,再放入沸水中略烫(烫时动作要迅速)。最后将烫好的蚶子剥去半边壳,放入盘中,撒上姜末、葱末,淋入酱油、酒、芝麻油即成。

　　蚶子经沸水烫制后,成菜色泽鲜红,肉质清鲜爽口。烫蚶子是门技术活:烫制时间不够,蚶子剥不开;烫制时间过了,蚶子血色暗沉,鲜味尽失。而烫得刚刚好的蚶子,蚶肉饱满、滑嫩鲜美。

象山鱼糍面

渔乡青年情丝长

全国各地各式各样的面食,大多是以面粉为原材料。但是在象山,有一种面包含着大海浓厚鲜美的味道,它"奢侈"地用鱼肉制作成纤细的面条,在烹饪中释放着属于大海的味道。这种面就叫作鱼糍面。

靠海吃海的宁波人,最擅利用海鲜制作美食。用鱼肉和番薯粉做成的鱼糍面,是一锤锤敲打出的美食。鱼糍面因选料独特、技艺独特、鲜味独特而享誉美食界。看似简单的面条,做法却十分复杂:需要剔除整条鱼里的鱼骨部分,将鱼肉剁成鱼泥,再配合番薯粉将鱼肉擀制成特别的"面条"。用新鲜的鱼制成的鱼糍面,最大程度保留了鱼肉的鲜美,而番薯粉的细滑则恰到好处地掩盖了鱼肉的粗糙,其口感不是一个"鲜"字就可以简单描绘的。宁波人曾这样描述鱼糍面:"鱼渗粉丝名本奇,如加麻辣更相宜。诸君若到京城去,夸得满天口沫飞。"

马鲛鱼是制作鱼糍面最常见的食材。由于以鱼虾等水生动物为食,马鲛鱼生得浑身肥满,肉多刺少,有人称之为"鱼中极品"。清明前后更是吃马鲛鱼的时节,此时的马鲛鱼,鱼鳔肉肥,肉质细腻,用宁波本地话讲叫"透骨新鲜"。以此种极品食材为原料,鱼糍面想不好吃也难。

鱼糍面名气响亮,是象山酒席中的固定菜色之一。在石浦,请客、办酒的筵席,上的第一道热菜一定是"鱼糍面",热腾腾、香喷喷,色香味俱佳,叫人垂涎欲滴。但它也平易近人,家常餐桌上也可以看见它的身影,常被作为招待客人的特色菜。

说鱼糍面是面,它确实符合面条条状的特征,但它又和普通面条汤汤水水的烹饪方式不同,呈薄糊状。鱼糍面一定要趁热吃,烫烫的吃下去最好,冷了就影响口感,若再下锅去热,味道也会打折扣。烧好的鱼糍面在起锅的时候会淋上胡椒粉和麻油,胡椒的作用是去腥,麻油的作用一方面是提香,另一方面也是封住热气,使鱼糍面的口感更好。

单一的原材料,在心灵手巧的象山渔嫂手中被烹调成如此肉嫩味美的鱼滋鱼味。其实在这一品便难忘的味道里,还有个暖心的爱情故事呢。

相传,石浦曾有一个即将成家的渔家汉子,在一次出海时遇到了风暴,家人从死里逃生的渔人那里得知,船只沉没于大海,儿子已葬身鱼腹。遇难男子的准新娘正在同村的舅舅家做客,听到噩耗,哭得死去活来,坚持要为死去的男人披麻戴孝,并发誓终身不嫁。

想不到半个月后的一个风雨交加的夜晚,有人轻轻地敲着女子的家门,那女子开门一看,面前站着的正是自己梦中的夫君。她毫无惧意地扑了过去说:"我不管你是鬼还是人,反正你是我的夫君,我是你的妻!"原来,她的男人在船还没沉没时抱住了一块船板。落海后,他死命地抱着这块船板不放,被浪涛逐到了岸边,一路讨饭回到了家。

渔家汉子被妻子的真情所打动,想对妻子的忠贞有所表示。他想来想去想到的还是鱼,就准备亲手做一碗没有鱼刺的鱼给妻子吃。当他小心翼翼地把鱼去了骨和皮后,面对的却是一盆鱼肉糊糊,难以烧食或蒸食,若扔掉又觉得可惜。他想来想去,只得把鱼肉做成了一只只鱼丸和条状的鱼糍面,还念念有词:"雪白的鱼丸嘛,就代表妻子那颗纯洁的心;这鱼面嘛,就代表男女相爱的长长情丝。"没想到的是,歪打正着,这鱼丸和鱼糍面的味道特别鲜美可口,说不出的好吃。于是,一传十,十传百,就有了今天的鱼糍面。

乡味解密

鱼糍面

"鱼糍面"是一道以海里的鱼做原料精巧烹调而成的名菜。那么为什么叫"鱼糍面"呢?这与它的制作方法有关。制作鱼糍面的全过程可谓别出心裁。先把鲜活的鳗鱼或马鲛鱼洗净、剖肚(冰冻过的、不新鲜的鱼不能用,鱼糍面之至味在鲜)。接着用刀细心地把鱼肉刮下来,剔去

鱼骨。再将鱼肉剁得很细很韧,掺拌极少量的番薯粉,做成鱼面。然后用棒槌轻轻地敲捶,捶成一张张薄薄的鱼饼。此时,将水烧开,把鱼饼入锅蒸至熟透。这样的"鱼糍面",保管鲜到骨子里去。

"鱼糍面"这道名菜的烧煮程序也较复杂,要讲技巧。得先把刚蒸熟的鱼饼切成面条状,再把鲜肉丝、蛋丝、绿豆芽、笋丝等入锅加水烧开。烧煮之水忌多,水多一口,鲜味则减去一分。然后放入一定量的鱼糍面,加上调好的番薯粉,搅拌成薄薄的糊状,装碗后再放上葱花、麻油、胡椒粉等佐料。这样一道色香味俱全的"鱼糍面"就做成了。

慈溪海蜇

鲜脆合一的天然海味

海蜇,原名海红,又名水母,全身呈胶质,透明而黏滑,经腌制后,俗称"海蜇皮",简称"皮子",缘瓣经腌制后,俗称"海蜇头",都是宁波的海特产品。

海蜇初发于梅季,即每年五月间,体小而色红,俗称"梅蜇",但数量不多。海蜇旺汛,约在夏末秋初。宁波慈溪一带,地处钱塘江和杭州湾南岸,得天独厚的自然条件,使海蜇大量繁殖又快速成长,最多时可年产500吨。民间有"三北雨汪汪,海蜇似砻糠"的谚语。

在浙东沿海一带,关于海蜇还有个美丽动人的传说呢!

传说在东海边住着一个十分贫苦的老渔人。他孤苦伶仃,守着一条破船,苦度晚年。一天,他打鱼归来,在沙滩上发现一顶破旧的草帽,草帽底下传出一阵婴儿响亮的啼哭声。老渔人赶紧跑过去,掀起草帽一看:是个白白胖胖的男婴。老渔人拾

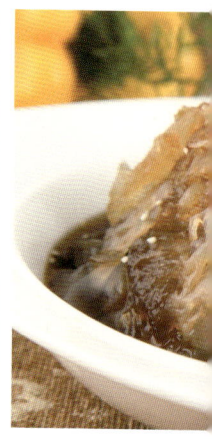

起草帽,抱起孩子回了家。因为是在海边捡的,老渔人给孩子起名叫海宝,把他当宝贝一样拉扯大了。

转眼海宝20岁了,老渔人年迈,全靠海宝打鱼养家。海宝长得挺拔魁伟,宽肩细背,浓眉大眼,唇红齿白。他捕鱼技术娴熟,驶船本领高强,每天早出晚归,在海上辛勤地撒网捕鱼,刮风下雨也不歇工。

这天,天色已经很晚了,海面刮着大风,起了大浪。海宝很懊丧:整整一天,也没有捕到一条鱼。他撒下最后一网,收网一看,只有一条小小的黄花鱼。他纳闷,一条黄花鱼怎么能这么重?可一细看,小鱼儿浑身金光闪烁,照得漆黑的海面也像被镀上了金光。海宝十分惊奇,再仔细一看。呀!黄花鱼的眼里淌出两行清泪。海宝顿时生了怜悯之心,把黄花鱼轻轻放进海里。鱼儿入水,回头朝他深情地望了一眼,摆摆尾巴,游走了。

这天清早,海面平静如镜,太阳刚露出半个笑脸,海宝像往常一样摇橹出海。突然,从船舱里钻出个水灵灵的姑娘。姑娘

朝他抿嘴浅笑,脸颊显出一对迷人的酒窝。海宝红着脸,低着头,不知该说什么才好。倒是那姑娘走上前来,启齿说道:"海宝大哥,感谢你的救命之恩!"说着就要跪拜。海宝忙说:"担当不起。"急忙用手搀扶。姑娘说:"不瞒你说,我就是你放走的小黄花鱼。在海里500年,已经修炼成精了,你怕不怕?""不怕!黄花鱼姑娘,这人类中有魔鬼败类,鱼类之中也有良善之辈。我理解你。"海宝坦然地安慰姑娘。

从此,海宝和鱼姑娘在船上相会,海宝叫她黄花姑娘。之后,海宝领着黄花姑娘拜见了老渔人,老渔人捋着浪花般的胡须笑道:"海宝、黄花,选个良辰吉日,快把喜事办了,我也好早早当爷爷。"于是,一家人选定日期,忙忙碌碌,准备筹办婚事。

这天深夜,海宝突然被急促的敲门声惊醒了。门一开,黄花姑娘扑到了他的怀里说:"海宝哥!快救我!"原来,龙王听说黄花姑娘竟跟一个凡夫俗子相爱,认为其大逆不道,违反龙廷规矩,要把她嫁给巡海夜叉,当晚便派虾兵蟹将把她押进了夜叉的卧室。她为伺机逃跑,虚情假意地向夜叉敬酒,把夜叉灌醉后,才急急忙忙地逃到这里。

海宝听完,给她擦去泪水,说道:"不要紧,有我在,就不会让他们作恶。"这时,外面忽然狂风大作。原来龙王得知黄花姑娘逃走的消息后,立即派来了虾兵蟹将,要将她抓回去。黄花姑娘一看情势十分危急,说道:"海宝哥,我即使去死,也绝不会再回龙宫!"说罢,她夺门要走。海宝见状,把黄花姑娘扶进水缸,随手拿起墙角那顶草帽,扣在她的身上,将她隐藏起来。然后,他从墙上取下渔叉,和虾兵蟹将搏斗,终因寡不敌众,身受重伤,坠海而亡。

虾兵蟹将翻江倒海折腾了很久,还是没有找到黄花姑娘。龙王大怒,急忙拿出夜明珠,发现黄花姑娘藏在水缸的草帽底下,于是从身上取出定海神针,口中念念有词,施了定身法术,喊道:"定!"只见那根神针金光闪闪,耀眼刺目,把黄花姑娘紧紧地缝在了草帽下边。

龙王告诉黄花姑娘,只要答应嫁给巡海夜叉,就恢复她的自由。但黄花姑娘拒绝了龙王的条件,她要寻找她的海宝哥。可怜的黄花姑娘从此再也没有从草帽底下钻出来,她化作了海蜇。

传说,海蜇那伞一样的体盘是海宝的草帽变的,体盘下那些细长的须就是黄花姑娘美丽的头发。东海渔民出海打鱼,从来不忍心把海蜇一起捞上来,都会将其从渔网里挑拣出来放生。

至今,海蜇仍像一叶凄婉的浮萍,终日在海面上孤寂地流浪,固执地寻找海宝哥……

凉拌海蜇

宁波人通常都会将凉拌海蜇皮(头)作为宴席的前菜，其味道鲜美，下酒又下饭。这道菜一般选用水发海蜇皮(头)为主料，配以酱油、醋、白糖、姜末、麻油等调料。

凉拌海蜇做起来很简单。首先取海蜇皮(头)，放入清水中浸泡4-8小时，再充分洗净。而后切成细丝，用冷开水淘洗1-2次，再把海蜇丝吸收的水尽量挤干净，放在盆内。最后，加入适量的酱油、醋、白糖、姜末、麻油和少许味精调味，充分拌匀，即可食用。

海蜇的营养极为丰富，具有清热解毒、化痰软坚、降压消肿之功。凉拌海蜇质脆而韧、清凉爽口、酸甜开胃，是常用的佐酒佳肴。

龙山黄泥螺

敖广神龙孕肥美

"民以食为天",饮食是一种文化,是故乡人难以割舍的记忆。对宁波人来说,鲜咸的黄泥螺就是嘴角边多年的美味,亦饭亦酒,点茶亦可,在四序的更替中释放着最熟悉的咸腥味道,给味觉以最熨帖的慰藉。

万物的生长都遵循着各自的时节而安于天命,黄泥螺的优劣也追随着季节的变化。浪逐桃花涨,螺生海岸腴。每当和煦的暖风吹走海边的最后一缕春寒,在海涂里蛰伏了一个冬天的泥螺,开始趁着潮退的间隙爬出来吐尽泥沙,呼吸新鲜的空气。这就又到了一年中最肥最美的"桃花泥螺"上市的时候。这时的黄泥螺肉质变得鲜嫩无比,而且没有泥茎,是一等一的上品,"桃花泥螺"的美名也由此而来。

样子呆萌的黄泥螺,在宁波沿海都有产,但是以慈溪龙山一带为佳,所以俗称"龙山黄泥螺"。黄泥螺歪头斜脑,穿件衣裳却不能包被全身,浑身软蹋蹋的,多栖息在泥沙肥沃、松软的滩涂上,春秋季出来望风,在布满高、中潮带的泥沙滩登高望远,等到了冬季,就深埋在泥沙中蛰伏,养得一身膘。

泥螺是典型的潮间带底栖匍匐动物,多栖息在滩涂上,在风浪小、潮流缓慢的海湾中尤其密集,以东海和黄海产量最多。《辞源》中载有"泥螺"条:"即吐铁,宁波出泥螺,状如蚕豆,可代充海错。"在"吐铁"条,则载有:"软体动物,一名泥螺,俗称黄泥螺,状如蜗螺而壳薄,吐吞含沙,沙黑如铁,至桃花时味乃美,腌食之,一作土铁。"慈溪龙山的黄泥螺早在宋代就有文字记载。"出身沙际海洋洋,无识无知无酌量。敢与蛟龙争化雨,肯同鱼鳖竞朝阳。"宋代诗人厉元吉就曾这样咏叹泥螺这种天赐的美味。宁波著名学者全祖望亦有"年年梅雨后,万瓮入姑胥"之记述。到了晚清,宁波当地则用龙山黄泥螺上京进贡。

正宗的龙山黄泥螺以"三月桃花螺""中秋桂花螺"为上品,具有头长、体软壳黄、肉边红、脂丰厚、味鲜美、无泥沙的特点。龙山黄泥螺为什么味道特别鲜美?伏龙山下十里海涂拾来的泥螺为什么与众不同?这其中还流传着一段故事呢!

相传3000多年前,慈溪三北地区西北洋面上有座陈山,山上住着一只千年雌龟精。三北东北洋面上有座黄狼山,山的北面有个望海洞,不知什么时候洞里来了一条全身鳞甲雪白的银龙。

这年又逢王母娘娘的千年蟠桃会,玉帝派太白金星下凡去

昆仑、天山一带请众仙赴会，并请东海普陀山紫竹观音提前一天上天庭议事。太白金星途经三北上空时，只见三北洋面上狂风大作，白浪滔天，一些正在打鱼的渔民被巨浪打入海中，葬身于千年雌龟精肚中。太白金星上天禀告玉帝，玉帝急传东海龙王敖广神龙前去三北捉拿这只雌龟精。

哪里晓得，陈山东北面黄狼山上的银龙，原是天庭的太白老龙，受敖广诬陷而被玉帝打入人间。太白老龙见仇人飞过上空，便一跃腾空，直扑敖广。两龙相斗，杀得天昏地暗，飞沙走石。敖广神龙渐渐招架不住，太白老龙一口咬住敖广的喉咙紧紧不放，使劲一摔，敖广的龙头就从半空中掉入达蓬山北面山脚下。龙头乱滚乱咬，滚走了周围大小石头，咬光了附近所有的野草小树，一会儿工夫就滚出了一大块场地。后来，人们在这块土地上建房造桥，形成了一个叫"龙头场"的村庄。敖广的龙尾巴则陷入西海地舍村，叫西海尾巴。

再说敖广失去了龙头,沉重的龙身跌落在海涂上,变成了一座山,就是现在的伏龙山。敖广神龙由于本身是一条金龙,在变伏龙山前痛得死去活来,翻滚了三天三夜,把伏龙山的西海与邱王的东海十里海滩深翻了三尺三寸,流了三天三夜龙油,出了三天三夜龙血,把这硬邦邦的海涂翻滚成像糯米粉一样柔软的亮光光的油涂。

据此,这一带的老百姓传说:在伏龙山一带十里海涂拾来的黄泥螺特别鲜美,就是龙油龙血滋润的缘故。

乡味解密

葱油泥螺

葱油泥螺是宁波人钟爱的一道家常菜,以泥螺为主料,配上蒜、姜、葱少许,盐、醋、料酒、生抽等辅料,制作便捷,既可以下酒又可以就饭。

烧制葱油泥螺先要把泥螺过水洗净,放上姜片备用。葱一小把,姜少许,蒜3瓣洗净备用。姜、蒜切碎放入盘子里,葱切好另外放着备用。往装有姜、蒜的盘子里倒入半勺生抽、一勺料酒、半勺醋,然后捞出泥螺放入盘中,撒上2/3勺蚝油,再放上切好的葱花。最后一个步骤是起锅热油,等油六分热后倒在泥螺上。能吃辣的可以放点辣椒。

泥螺含有丰富的蛋白质、钙、磷、铁及多种维生素。泥螺营养丰富,且有一定医药作用。据《本草纲目拾遗》载,泥螺有补肝肾、润肺、明目、生津之功能。民间还有以酒渍食的做法,有防治咽喉炎、肺结核的功效。

龙头鲓

家常必备的下饭神器

宁波海鲜菜肴的最大特色是"鲜",除了味鲜,还因为原料新鲜度高,甚至很多原料是鲜活的。地处海滨的宁波有着漫长的海岸线,大小渔场遍布,四季轮番提供种类繁多的海产原料,这就从材料上保证了"鲜"的要求。

虾潺又叫海龙鱼,属于近海鱼类,约20厘米长,通体玉白剔透,只有一条主骨,还软不拉叽的,其余的鱼骨细软如胡须,也有人称之为"豆腐鱼",阿拉宁波人则习惯叫它"虾潺"。明朝胡世安《异鱼图赞补》中引《雨航杂录》曰:"身柔如膏,无骨,鳞细,口阔,齿多。"又引《海味索引·颂》:"丰若无肌,柔若无骨,截之肪耶,尽之脂耶。乳沉雪山钵底,酥凝玉门关外。露滴仙盘掌中,其即若个之化身也耶?"四明屠本畯则云:"水族风味,真上品也。"

龙头鲓是虾潺的干制品,是虾潺经过加工后的一道菜。"过

酒乌贼,下饭龙头鲓",说的就是以前老底子宁波人常见的生活场景,其中所提及的龙头鲓几乎家家常备,因为咸,曾经是多少宁波人餐桌上的"压饭榔头"。龙头鲓无骨无刺,肉鲜味美,远近扬名,相传是象山挶鱼小后生最先开始晒制的。

传说,古时候有个皇帝,下了一道圣旨,要天下十八省进贡山珍海味。圣旨传到象山,知县急煞了:送山珍,没东西;送海鲜,京城路远,送到就不鲜了。如果不送,抗旨要杀头。知县没办法,只好贴出一张榜文:谁把海货送到京城不烂,皇帝欢喜,赏白银五百两。

有个挶鱼后生把榜文扯了下来,管榜人当即把挶鱼人带到衙门。知县开心煞了。挶鱼后生一不收鱼虾,二不派车船,而用9个铜板买了36条虾潺,拔根狗尾巴草把虾潺穿起来,两头打了结,套在笠帽顶上,背起包裹,穿上草鞋,赶路进京。俗话讲:"六月日头,晚娘拳头。"不到三日,笠帽顶上的36条虾潺便晒得断燥。

皇帝听闻东海渔民送来贡品，非常高兴，传其进殿。抲鱼后生送上"贡品"。皇帝一看是顶破笠帽，顶上套着三十多条虫不像虫、鱼不像鱼的东西，脸一沉，眼一瞪，问："这是什么东西？"抲鱼后生想：若讲是龙，皇帝一定不高兴。他抬头看看金銮殿屋柱上的盘龙，倒挺像虾潺，便讲："万岁，这是象山特产龙头鲓。这东西大嘴巴、扁尾巴、圆眼睛，全身如玉，是用东海小白龙晒干的。"皇帝看看也蛮像，又问："这东西怎么吃？"抲鱼后生讲："清蒸爽口透鲜，油氽松脆喷香，吃了开胃、强筋骨。"讲得皇帝口水二尺长。皇帝拎出 18 条清蒸，另 18 条油氽。烧好后，皇帝揿了条清蒸虾潺一尝，满口清香；再夹一根油氽的，喷酥松脆。皇后、太子、文武百官统统争着尝鲜。吃了虾潺，皇帝问抲鱼后生装来几船。抲鱼后生讲："只有 36 条。"皇帝大怒，限抲鱼后生一个月内送一百车来。

抲鱼后生心想：阿拉象山地方，这种鱼不要讲 100 车，就是装 1000 车也不难。又一想：如若当即答应下来，以后年年要送，工钱没得工钱，饭钱没得饭钱，苦煞阿拉抲鱼人，再说这种东西吃多了也会厌，弄不好会闯祸。于是，后生耍了个滑头说："万岁，龙头鲓是东海龙宫龙王的子孙，平常日子统统关在龙宫中，只有一些贪玩的才偷偷地逃出来，被阿拉抲牢。一年到头捉不了几条。"皇帝听抲鱼后生讲得也有理，又一想，味道介好的鱼货，平生还是第一次吃到，便马上下一道圣旨：免去象山抲鱼人的人头税、船头税,砢到"龙头鲓"统统要进贡。

砢鱼后生回到象山后,给皇帝进贡龙头鲓,1条也有,5条也有,三年一次,五年一回。皇帝呢,介好龙头鲓从来没吃爽快过。

乡味解密

椒盐虾潺

虾潺,是大自然馈赠的至鲜滋味。椒盐虾潺是一道讲究刀法烹炸,闻着香、吃着鲜、看着干、尝着嫩的家常菜。椒盐虾潺以虾潺和鸡蛋为主料,配上盐、料酒、鸡精、椒盐、姜、葱等调料。

烧制椒盐虾潺,需先将虾潺头部剪去,去除内脏后清洗干净并切段,然后由中间劈成片状,用姜片、盐、鸡精、料酒腌制15分钟左右。腌制后沥干水分,裹上蛋清,扑上生

粉。接下来,锅内入油,油温六七分热时放入,炸至虾潺酥黄为止。最后沥干油,趁热放入椒盐翻锅,撒上葱花即可装盘。

虾潺具有肉质鲜嫩无比、柔若无骨的特点。椒盐虾潺外脆里嫩,鲜美滑爽,入口肉骨即分。炸得酥脆的面粉裹着厚厚的鱼肉,一口吮吸下去,酥脆之中充满了流动的鲜虾潺滋味。过味之后,还有椒盐的鲜香久久残留在舌尖上。

虾潺营养丰富,味辛、咸,寒入肺经,有清热解毒,治咽喉肿痛之效。鱼肉中脂肪含量虽低,但其中的脂肪酸被证实有降糖、护心和防癌的作用,还能有效地预防骨质疏松症。

望潮

脆里带韧的海鲜瑰宝

望潮是浙东沿海一带著名的水产品。望潮也被称为短蛸,是一种小型章鱼。望潮的名字很美,有人把它与一个叫"望海潮"的词牌名联系起来。据说潮汛来临时,它的触手会上下摇动,渔民可据此判断潮水的涨落,这大概就是"望潮"名字的由来。

望潮肉质鲜嫩,是宁波一道有名的小海鲜菜。望潮营养丰富、味道好,干制后还可入药,全身都是宝,因此沿海人民当其为餐桌上的瑰宝。在象山人的食谱上,甚至把红烧望潮列为"海鲜十六碗"之一。

大海里百种鱼虾百个样。独有望潮,却跟章鱼长得几乎一模一样:个儿差不多大小,身子圆鼓鼓的,八只足又细又长,比身子长出好几倍。望潮的外形虽然和章鱼相似,但是在章鱼家族里面,望潮算得上是比章鱼更加美味的上品,而且价格也要比章鱼贵很多。

关于望潮和章鱼,在浙东沿海还有一个动人的故事。

传说章鱼性子好,本领也强。自从它住进海涂,恶鱼便不敢轻易来侵扰,邻近的鱼虾螺贝过着安稳的日子,因此,大家都很尊重它。望潮呢,又懒又馋,大家都厌恶它。章鱼常劝它改改脾气学好样,可望潮不但不听,还嫉妒,老想着什么时候能像章鱼那样,有本事,有威望,处处吃得开,那就称心如意了。

一天,章鱼外出了,要好长一段时间才能回来。望潮得知这一消息,高兴极了,伸伸长足,翻翻身子,想出了一个坏主意,要趁这个机会捞一把。

望潮在海涂上爬呀,找呀,找到了泥螺洞,心中一喜:泥螺虽小,产出的卵却是一团连一团,像一串碎了壳的蛋黄,香喷喷的,过去得不到手,这一回机会来了。它装着粗嗓子,对着洞里大声叫着:"喂,小泥螺,快开门!"

泥螺问："你是谁？要干什么？"

望潮说："我是章鱼，向你要几颗卵，尝尝鲜！"

泥螺探出头一看，嗬，好几条长足正对着洞口，真的是章鱼啊！泥螺虽然舍不得自己的卵，可又不敢得罪本领高强的章鱼，只得忍痛交出了卵。望潮见这一招挺灵，胆子更大了，又到弹涂鱼、花蛤、蛏子那里吓唬了一阵，骗到不少东西。原来平静的海涂，经望潮这么一闹，好几天都不得安宁，鱼虾螺贝不明白为什么章鱼一下子变了样，个个提心吊胆，愁眉苦脸。

一天，望潮又出来撞骗，碰到一对蜻蛑。它想，我的口福好哩，蜻蛑肥墩墩，给我换口味。它摆开八只足，大声吆喊："章鱼在此，识相点，快给我充当点心！"

蜻蛑两口子早听说章鱼的大名，如今一见望潮那凶狠的样子，十分魂魄丢了七分，连忙掉头逃跑，雌蜻蛑逃得慢了一步，被望潮抓住了。

雄蜻蛑一面没命地逃，一面"章鱼老贼，章鱼老贼"不住口地哭骂。它逃得急，慌慌忙忙一头撞在什么东西上，抬头一看，哎呀，冤家路窄，又碰上一条章鱼！只听章鱼气咻咻地问："小蜻蛑，你嘴里不干不净的，骂谁呀？"

雄蜻蛑吓得两只大螯嗦嗦抖，前言不搭后语地回答："我……那口子，叫你……你的兄弟抓住了！我不该……不该骂……"

章鱼道："胡说，我哪有什么兄弟！"

雄蜻蛑分辩说："真的！它长得跟你一模一样，张口就称'章

鱼在此'，要拿我们当点心。不信，你亲眼去看看。"

章鱼听到有人敢冒充它干坏事，气得火冒三丈，放过蝤蛑，急忙赶回来，一眼就看到望潮正抱着雌蝤蛑往家里走。章鱼什么都明白了，紧赶几步，当头拦住望潮，怒声喝道："望潮，你干的好事！"

望潮没想到章鱼回来得这么快，被这当头一喝，吓瘫了，连声求饶："小弟该死，你饶了我这一回吧！"

这一阵吵嚷，惊动了海涂水族，泥螺、弹涂鱼、花蛤、蛏子都围了上来，把望潮行骗的丑事，一桩桩一件件都抖搂了出来。末了，泥螺惭愧地说："唉，也怪我们粗心，看到它那八只长足，就错认为是章鱼大哥，太不应该了！"

章鱼越听越气。它看看望潮，跟自己的长相确实像，难怪它行骗时，同伴们一时分辨不出。章鱼想：这祸根非拔了不可！就发了个狠，把望潮紧紧捆住，伸出尖嘴，"咔嚓嚓"，几下子就把望潮的八只足咬断了，留下个光溜溜的身子。海涂水族见冒名行骗的坏蛋受到了惩罚，齐声叫好。

过了些日子,望潮的足慢慢长出来了,章鱼就又去咬断它。望潮经章鱼这么几次咬,个子再也长不大了,比章鱼小多了。海涂的水族这才真正把它们分辨清楚。

直到现在,章鱼还有这样一个秉性:碰到望潮就要咬,不过,只咬断它的足,不伤害它的身子,好给水族留下标志。人们到海涂上,常常能捡到只有光溜溜身子的望潮。

乡味解密

红烧望潮

红烧望潮是宁波的一道名菜。红烧望潮是宁波人的经典吃法,以望潮为主料,辅以姜、蒜、酱油、茴香、料酒等调料。

一盘香气四溢、脆嫩 Q 弹的红烧望潮该怎么烧?首先需将望潮养在清水中一段时间,让其将泥液吐尽。然后选十几个望潮(一碟的量)放入盆中,倒入沸水,此时望潮的长爪已缩成一团。接下来,把油烧成七成热,放入姜末、蒜泥,煸出香味,再倒入望潮,放上酱油、茴香、料酒,用文火炖10分钟,待每只望潮都收缩成一团并变成酱红色后,收汤起锅装碟即成。

相比鱿鱼和墨鱼的软韧,望潮在味道和口感上有明显差别:红烧望潮色泽红润,口感鲜美,味香,有嚼头。

三抱鳓鱼

"咸骆驼"的"压饭榔头"

鳓鱼又叫"鲞鱼""鲅鱼"或"白鳞鱼",每年初夏,它们由外海游至近海一带产卵,形成鱼汛。此时的鳓鱼,被美食家誉为"海里最鲜的鱼",它不仅体形和鲥鱼差不多,而且鲜味也能和鲥鱼媲美,因此有"南鲥北鳓"之说。

鲜活的鳓鱼脂丰肉肥,尤其是覆盖在鱼背上的银色鱼鳞饱含油脂,入口细软,被当地人称为"鲜白鳓鱼"。洗净后的鳓鱼,直接加盐、生姜、葱段、绍酒等清蒸,肉质鲜嫩爽滑,令人无法停箸。尤其是鱼腹中的鱼白,嫩如猪脑,甘美无比。

然而,在自喻为"咸骆驼"的宁波人看来,将一条新鲜的鳓鱼清蒸,难免有些"委屈"了它。真正的渔乡美味,要数饭桌上的"压饭榔头"——三抱鳓鱼。

长久以来,濒海而居、靠海吃海的生活习俗,加上渔获物不易保鲜和储存的特性,使宁波当地人发明了一种特殊的海鲜食用方法——用盐腌制,俗称"抱盐"。当地人在不断的实践中,逐渐将这种"一把刀、一把盐"近乎原始的加工方法发挥到了极致。譬如三抱鳓鱼,必须经过三次盐腌才能做成。

"桂圆荔枝吃一担,不如鳓鱼碗里蘸一蘸。"这是一句印刻在宁波人脑海深处的俚语。别看三抱鳓鱼历经三次盐渍卤浸,口味却不咸,老少皆宜。三抱鳓鱼同臭豆腐、臭冬瓜、榴梿一样,特招人"爱憎分明":不喜欢的一口都不愿碰,甚至讨厌同桌而食;喜欢的,可能会迷恋成痴。

将鳓鱼切成块,加姜丝,淋食油,上锅隔水而蒸,就是有名的清蒸三抱鳓鱼。初闻有一点怪怪的臭味,看起来干瘪又有点腐糟,但丝条状的粉红色鱼肉一入口,口感却是紧实而有嚼劲的,醇香满口,美味极了。三抱鳓鱼还可用来炖蛋或做成肉饼子,大热天的用来下饭,最是惬意不过。那热气蒸腾中,慢慢升华出的熟稔的家乡风味,恰似流逝岁月里的珍贵注脚,让人怀念不已。

三抱鳓鱼作为宁波盐渍卤浸腌制品中的"当家"名品之一,已有五六百年的历史,在浙东沿海地区至今还流传着一个关于鱼骨鸟的美丽传说。

据说,鱼骨鸟是人们用吃剩下的整个鳓鱼头的头骨拼搭起来的。端午节那天,象山石浦一带渔民会在它身上喷洒雄黄酒,从此,这只鱼骨鸟就有了灵气。把它悬挂在窗口,风吹来,飘啊飘的,和鸟儿十分相像。它夜夜能吃飞来的蚊子,让白天忙碌

了一天的人们在夜间安然入睡。

相传东海龙王有三个女儿,以第三个女儿生得最美。三公主在龙宫觉得无聊乏味,便偷偷化作美人鱼,游到海边,却被一个打鱼后生一网捕牢。后生见美人鱼好看,就带回家去养在水缸里。

当夜,美人鱼托梦给捕鱼后生说:"我是东海龙宫三公主,贪玩逃到外面被你捕牢,被龙王晓得定是性命难保。求你救救我,明日放我回去。"捕鱼后生一觉醒来,忖忖梦蛮奇怪,难道这鱼真是东海龙王的女儿?便发了善心,真的把这美人鱼放回海里。

三公主回到龙宫,常常思念这个捕鱼后生。此事被东海龙王知道了,他很生气,即刻传旨,把三公主打入冷宫。

三公主被打入冷宫,每日哭,每夜哭。管门的是个老鲚鱼,心善。他见三公主可怜,有心成全三公主。老鲚鱼拿来一把钢刀,拨来一只火炉,锅里装上水后放在火炉上烧沸,然后对三公主说:"你莫哭,快点把我的头斩落,用我的骨头搭成一只鸟,这只鸟会驮你逃到人间。"三公主不肯,老鳓鱼"咔嚓"一刀把自己的头斩落,正好掉进沸水锅里。一会儿工夫,水烧干了,锅里只剩下骨头。三公主用这些骨头搭成一只鸟,这只鸟突然变大起来,像活鸟一样会飞了。三公主骑上去,飞出了冷宫。一眨眼工夫,鱼骨鸟就飞到捕鱼后生屋里,三公主便与后生拜堂成亲了。

乡味解密

三抱鳓鱼

经过历代宁波渔民的不断探索,鳓鱼腌制方法从一"抱"到二"抱",最后到三"抱",连续三次的盐渍和一定时间的腌制,使三抱鳓鱼"腌而不咸、色泽金黄、口味醇香、营养丰富、干燥挺硬,久存不腐",成为宁波的一道名菜。

第一"抱",先将食盐从鳓鱼的鳃孔灌入鱼肚。之后按照放一层鱼撒一层盐的制作方法,把鱼头朝里呈菊花形叠放在缸里,盖上竹帘,用取自海里的"咸水石头"压实。这个步骤,主要是为了去腥脱水。

待一周过去,卤水淹没鱼体时,将缸里的鳓鱼捞出,沥去血水,挂在阴凉处晾至七八分干。随后,从鱼的尾部开始逆鳞向头部涂抹食盐,称为第二"抱"。这次的腌制工艺要比首次复杂得多,除了加入黄酒等调料,还要把握好腌

制环境的温度和湿度。

六七天后,将鳓鱼取出,再向鱼腹灌盐,往鱼身上擦盐,之后复回腌缸,上压重石,不再翻动。第三"抱"是为了巩固鳓鱼的色、香、形,也是一个发酵过程。随着时间的推移,鱼的表皮开始泛黄,味道逐渐变浓。一个多月后,鱼身通体变为麦黄色,久置不腐的三抱鳓鱼就做好了。

第三辑

果蔬土产

GUOSHU TUCHAN

奉化水蜜桃

天庭仙桃孝子采

说到全国各地的桃子，不能绕开的是奉化水蜜桃，它芳香浓郁、色泽鲜艳、肉厚皮薄、汁多味甜，受到广大食客的追捧。奉化是中国水蜜桃之乡，水蜜桃栽培面积有5万余亩，占宁波地区种桃面积的一半，而整个宁波地区的种桃面积又占到浙江全省的1/4。关于水蜜桃，奉化至今还流传着许多动人的传说呢。

相传在很久以前，奉化有一个叫王良的小伙子和他的母亲在三问茅草房里相依为命，王良从小就很孝顺母亲。

在一个天寒地冻的冬日，母亲病了，病得很严重，虽然王良寸步不离地照顾她，但病情一天天加重，母亲日渐衰弱，气若游丝。弥留之际，母亲突然红光满面、双目炯然地对王良说："孩子，我快要走了，想吃一个桃子，你能满足我这最后的要求吗？"王良紧握着母亲的手，眼里噙着泪，使劲地点了点头。

王良赶忙起身准备去摘桃子,可转念一想,现在可是冬天,哪来的桃子呢?王良苦涩地摇了摇头,转身想对母亲说,可母亲期待的眼神又让王良不忍心告诉老人这个小愿望无法实现。王良沉思了片刻,对着母亲深深地鞠了个躬,说:"母亲,孩儿这就为您取桃子去,您就安心等着吧。"说完就转身狂奔出去。

原来,王良想起了奉化的最北边住着一个半仙,何不去求他到天庭为母亲摘得一个仙桃呢?王良在路人的指引下找到了半仙的住处。半仙正坐在小溪边的一块石头上闭目养神,口中还念念有词。半仙仿佛已经掐算出王良要来,对王良说:"你可是为你的母亲来求我去天庭摘仙桃的王良?"王良惊讶地连连作揖说:"正是在下,半仙可否相助?"半仙眯着眼睛对王良说:"我不能帮你去摘仙桃,但我可以指引你去找那条上天庭的天梯,但那条路上危机重重,还可能会丧命,你要三思而行。"

王良双手抱拳,坚决地说:"为了完成母亲最后的心愿,我上刀山下油锅都不怕!"半仙点了点头,拿出一幅图和一面镜子对王良说:"孩子,去吧,照着这张图找就是了,这个镜子对你会有帮助的,祝你好运。"

王良谢过半仙后就上路了。他走了很长一段路后来到了一座高山的山脚下,从山脚向上望,山顶隐约可见一条弯弯曲曲的梯子向上无尽地延伸。王良一阵窃喜,赶忙撒开腿往山上狂奔。在他快赶到半山腰时,突然从林中蹿出一只大老虎。王良急忙止住脚步,眼睛死死地盯着老虎。此时,老虎和王良的

距离不到 2 米,而且老虎正虎视眈眈地步步逼近。王良吓得汗如雨下,一下子瘫倒在地晕死过去。王良醒来时,心想自己肯定已死了,不想却看到那只大老虎倒在自己身旁。原来是一位天神相助使他逃过一劫。

　　王良已经离那条天梯越来越近了,而此时又有一个庞然大物挡在了王良身前。王良定睛一看,原来是一条比自己还要大上好几倍的蟒蛇正吐着猩红的蛇信子朝他径直扑将过来。王良条件反射般地将手里握着的镜子挡在了脸前。片刻后,才发现自己并没有受到蟒蛇的攻击,抬头一看,那条蟒蛇已经不见了,而王良手中的镜子也不见了。

王良经过两个劫难后终于攀上了那条通往天庭的天梯。一想到母亲的心愿马上可以实现,他的脚步也变得格外轻快。当王良抬头隐约能看到宫廷建筑时,却听到一声怒吼:"大胆狂徒,竟敢私闯天庭重地,还不快快下去!"王良惊恐地四处张望,看见云端里哼哈二将正对他怒目而视。

王良深吸一口气,说道:"两位天神,因为母亲病危,想吃个桃子,可凡间适逢冬日,桃子无处可找,我只好找到天庭来了。烦请二将通融,在下感激不尽。"哼哈二将根本不理会,将碗口大的石头往下掷,王良咬着牙迎着石头顽强地往上攀。

等王良攀上最后一个阶梯到达天宫时,已经满身鲜血、气若游丝了。这时,掌管蟠桃园的七仙女刚好经过,看到王良如此坚决,一片赤心为病母,都感动得红了眼圈。其中一位仙女玉手一挥,为王良治愈了身上的伤,并把他带到了蟠桃园,让他摘了一个桃子,而后又将他送到母亲身边。

回到家里,母亲正闭着眼睛静静地躺在那里,王良兴奋地将仙桃拿到母亲面前说:"母亲,您看我找到桃子了,而且是天上的仙桃,您快吃!"母亲看到水嫩的桃子,一扫倦容,张口咬了一下,就一个劲儿地喊着真甜。

母亲吃完这么鲜美的桃子,王良想要是在凡间也能有这么可口的桃子吃就好了,于是,他把桃核种在了自家门前。第二年,那颗仙桃核果然发了芽,开了花,还结出了水汪汪、甜滋滋的桃子。王良把这种水分足又甜如蜜的桃子叫作"水蜜桃"。从此以后,水蜜桃就在奉化广为传种,成了奉化的一种土特产。

乡味解密

奉化水蜜桃

水蜜桃是奉化的传统名果,也是中国四大传统名优桃之一。据史料记载,奉化栽桃已有2000多年历史。奉化水蜜桃以皮薄、肉嫩、汁多、味甜被推为名桃之首,曾被国内外桃子专家评价为"风味与品质为全国之最,堪称中国第一桃"。被海内外人士称为"琼浆玉露""瑶池珍品"的玉露桃是最上乘的品种,驰名中外。"玉露"有早晚两个品系,又以"晚玉露"为最优,在每年的7月至8月上旬成熟。玉露水蜜桃肉质柔软,浆液多,故名"琼浆玉露"。奉化水蜜桃的主要产地在长汀、溪口和萧王庙等地。

1996年,奉化被国务院发展研究中心农村发展研究部等部门联合命名为"中国水蜜桃之乡"。2002年,原国家质检总局批准对"奉化水蜜桃"实施原产地域产品保护,

奉化水蜜桃被列入中国国家地理标志产品名录，成为宁波市第一个获得原产地标记保护的名优特农产品。

余慈杨梅

百果仙子赐仙果

杨梅又名珠红、龙睛,是我国特产水果之一,素有"初凝一颗值千金"之美誉,在东南沿海一带又有"杨梅赛荔枝"之说,酸甜适口、风味独特。

中国杨梅看江南,江南杨梅看宁波。宁波的余姚、慈溪地区是杨梅的故乡,其杨梅栽培历史相当悠久。据对河姆渡遗址的科学考证,发现早在6000多年前,当地人已开始食用野生杨梅。在余姚、慈溪一带至今还流传着一个动人的杨梅仙子的传说。

很久很久以前,在余姚、慈溪交界处的杨家岙山脚下,住着一户杨姓人家,父子两人相依为命。父亲是个善良的老药农,以采草药为业,经常为附近的乡邻送药治病,深受大家尊敬。儿子阿龙,是个艺高胆大的好猎手,不但打猎百发百中,而且为人忠厚仗义。

　　一天,阿龙在山上打猎,听得远处有"救命啊……救命……"的呼救声,他急忙循声赶去,只见不远处,一只猛虎嘴里拖着一个人,正向山上跑来。阿龙见状,不慌不忙,弯弓搭箭,正中虎眼。老虎吼叫一声,把人放下,逃奔而去。阿龙快步上前,扶起那人,发现原来是一位漂亮的姑娘。姑娘已昏了过去,衣服也被虎撕破。阿龙背着受伤的姑娘回到家里。父子俩又是敷药,又是熬汤,精心救治姑娘。过了一会儿,姑娘渐渐醒了过来。见姑娘睁开了双眼,杨老伯便问道:"姑娘,你家在哪里?为什么到这荒山上来?"姑娘谢过救命之恩,见杨家父子是忠厚人,便说出了原委。

　　原来,这姑娘就是天上的百果仙子,掌管人间百果生灭。

只因不愿嫁给生性凶残的百兽元帅为妻,惹怒了百兽元帅。百兽元帅趁百果仙子到下界巡山之时,化作一只猛虎,想抢走百果仙子,强行成亲。幸亏遇到阿龙相救,才得以脱身。

杨家父子见姑娘容貌端庄、谈吐不凡,知道她确是天上仙子。杨老伯说:"姑娘,虽说你贵为仙子,但天上人间的道理应该是一样的。在这里你尽管安心养伤,伤好以后再回天庭。"姑娘点头应允。在杨家父子的精心照料下,百果仙子渐渐伤愈,想回天庭去,但想到回去以后,必遭百兽元帅纠缠,而看看人间,凡人远比神仙忠厚,思前想后,拿不定主意。杨老伯看出了百果仙子的心思。一日,他对百果仙子说:"姑娘,如今你已伤愈,你想回去,我们也不会强留。如你愿多留些日子,就跟着我采采草药,为乡亲消病除痛,就算我多了一个女儿,你看怎样?"姑娘一听,就高兴地答应下来,连忙跪下,拜认杨老伯为义父。杨老伯收下百果仙子为义女,因附近有个梅湖,又把姑娘当作掌上明珠,就为姑娘取名"梅珠"。

仙女下凡的梅珠,天生聪明伶俐,不管什么事情,一看就懂,一点就通。她跟着义父翻山越岭,采集草药,从不叫苦。她为乡亲行医治病,不避寒暑。因她是仙子下凡,更是药到病除。邻里乡亲无不夸她善良贤惠。空余时间,梅珠还跟着阿龙哥学打猎,很快就学得百步穿杨,武艺高强。随着日子的流逝,阿龙与梅珠相互间的爱慕之情与日俱增。

由于阿龙和梅珠打猎本领高超,附近山上的豺狼虎豹闻风丧胆,再也不敢来杨家岙一带作恶了。这事终于传到了天上百兽元帅的耳朵里,他对梅珠、阿龙又妒又恨,咬牙切齿地要寻机报仇,于是,买通山神,设下一个毒计。

冬去春来,梅珠与阿龙又上山打猎,忽然间,只见不远处有一只高大的豹子不紧不慢地走着。梅珠眼疾手快,弯弓搭箭,只听得"嗖"一声响,一箭射中豹子。那豹子负箭逃窜,梅珠和阿龙哥紧紧追赶……突然,豹子隐入山崖,不见踪影。只听得"哗啦"一声巨响,山摇地动,霎时间,前面崩出一道悬崖峭壁,梅珠一时收不住脚,跌下悬崖……

阿龙哥攀岩爬崖,终于在山脚下的一棵大树上找到了梅珠。阿龙哥抱起奄奄一息的梅珠,心如刀割。梅珠看着泪流满面的阿龙哥,断断续续地说:"龙哥,我……我要留在人间……我死后把我葬在这棵树下……"说完就合上了眼睛。得知梅珠遇难的消息,乡亲们和阿龙父子一样,悲痛万分。大家把梅珠安葬在那棵大树底下。

第二年开春,在梅珠遇难的日子,阿龙父子和乡亲们来到梅珠的墓前祭扫,发现这棵大树上的叶子间长出了一粒粒小珍珠似的颗粒,大家都感到奇怪,不知这是什么东西。转眼到了端午节,人们提着篮子,装着香烛、酒菜,又来上坟祭扫。只见树上原来珍珠似的东西已长成一簇簇圆圆的果子,有青、红、紫、黑等颜色。等祭祀完了,人们拿下挂在树上的篮子,准备回家,只见篮子里掉落了许多又红又紫的果子。有位胆大的乡亲

取了一颗放入口中一尝,感觉又酸又甜,顿时满口生津。乡亲们明白,这是百果仙子梅珠姑娘为人间送来的仙果。人们想念梅珠姑娘,就把这种果子叫作"杨梅"。直到今天,杨梅都在梅珠姑娘遇难日前后的正月开花,而在端午节前后成熟,民间有"端午杨梅挂篮头"的农谚。

自此,杨梅从杨家岙传遍余姚、慈溪,继而传向更远的地方。

乡味解密

余慈杨梅

"六月杨梅,城西烂紫霞。"每年夏至后,余姚和慈溪一带的群山翠岭上,沉甸甸的杨梅便挂满树梢,凝翠流丹。地处浙东杭州湾南岸的余慈地区,杨梅种植历史悠久,早在新石器时期就有野生杨梅存在,人工栽培也有近2000年。

余慈杨梅果大、核小、色佳、肉质细嫩、汁多味浓、香甜可口,鲜食、加工均可。其主要品种荸荠种杨梅是从实生树的优良变异种选育出来的,因其果实成熟时呈紫黑色且光亮,酷似老熟荸荠颜色,故名。荸荠种杨梅果较大,果核特小,味甜而汁多。

杨梅是余姚和慈溪的著名特产。近年来,余姚和慈溪都被原农业部授予"中国杨梅之乡"称号,"慈溪杨梅"还被列入国家原产地域产品保护名录。杨梅上市的季节,余慈两地都会举办"杨梅节"活动。

三山金柑

味甘香胜于大橘

金柑是我国的传统名果之一,在华南数省和长江流域均有分布,在我国有文字记载的栽培历史就有1600多年,封建时代曾作为贡品。宁波金柑栽培历史较长,元代有"金柑出慈溪,饱霜者甘"的记载,是金柑属中最重要的栽培种类。明嘉靖《浙江通志》中也有"宁波金豆橘形似豆,味甘香胜于大橘"的记载。

北仑位于甬江口南岸,东濒东海,三面环海,属亚热带季风气候区,气候温和湿润,四季分明,无霜期长,雨量充沛。北仑区良好的地理气候条件,为宁波金柑提供了适宜的生长条件。北仑也是宁波金柑最重要的产区之一,其栽培历史已有400多年。在北仑春晓区域,金柑也被称为"三山金柑",以地名命名,可见这一水果代表了一方的名优土特产,在国内很有知名度。

传说古时候,东海边有个叫金岙的地方,三面靠山,一面靠海,气候温暖,土地肥沃。邵阿良是三山东盘山脚下柯地主家的一名童工。几年过去,阿良慢慢长大成人,他能吃会做,长得腰圆膀粗,毛头小伙儿变成了英俊后生。

柯地主家有个女儿,名叫晓凤,与阿良年纪差两岁。晓凤见阿良言语不多,为人本分,肯吃苦耐劳,暗地里喜欢上了他,便开始有事没事地使唤他,也常常拿好东西给他吃,还偷偷地给他做了一双布鞋。阿良感动之余,知道晓凤的心思,但贫家子弟,无论如何也不敢高攀贵枝。

天长日久,柯地主知道了女儿的事情,十分恼火,说:"老鼠掉进白米缸,岂有这般好事!"竭力阻止女儿与阿良往来。

天有不测风云。一日,阿良干活时淋了一场大雨,回来后一病不起,眼看不行了。柯地主为了推卸责任,有天夜里差人

把他扔到了慈峰山腰坡地上。山坡上,被阵阵冷风冻醒的阿良,挣扎着要起身,可是一点力气也没有。这时,一个熟悉的身影走来。阿良感觉自己的脸庞痒痒的,原来是晓凤的一条辫子触到了他的脸。此外,阿良还闻到了一种熟悉的气味。

"阿良,我漫山遍野找了你大半天,现在终于找到你了。走!咱们回家。"晓凤说。

"回家?回哪个家?"阿良惊愕地问。

"去你家。"晓凤回答得坚决。

霎时,一股暖流涌进了阿良的心田。一年后,晓凤已成了邵家媳妇。那时,邵家的五兄弟都长大成人了。阿良作为老大,一直是家里的顶梁柱。

一天,父亲把五兄弟叫齐,准备分家。其实,邵家真的也没什么财产好分,只有后山地里的五片果林。这五片果林分别栽种着甜果树、酸梅树、苦梨树、辣桃树、麻焦树。五片果林中,当数甜果树独好。可是,这五位兄弟相互谦让,谁也不肯要顶好的甜果树林。僵持中,晓凤进来说:"爹,本来分家您老做主就是了,我作为媳妇,没有插嘴的份儿。既然叔叔们都不肯要甜果树,索性过几年再作计较。"

父亲点头应允。其实,柯地主家也有许多果园。晓凤虽是女儿身,但性格有些男儿气。她平常喜欢在果园玩,还常常跟在一个有技术的老长工身后,学得了一手嫁接好技术。

那年立冬的时候,晓凤从自家的刺篱笆上采下了种子,晒干贮藏。第二年清明时节,晓凤把种子播撒在泥土中。一年后,嫩黄色的幼苗破土而出。谷雨时分,晓凤从果林中剪取枝脑,把五种枝脑分别嫁接在树苗上。

兄弟五个见晓凤有如此手艺,啧啧称道。于是,大家殷勤地浇水施肥,尽心尽力,日夜守护。三年后,嫁接的果树已长成一片林子。

初夏季节,果树开出了洁白的小花朵,团团簇簇,芳香浓郁。夏去秋来,果树结出了形似弹子,颜色黄灿灿的果子。众兄弟品尝后,都赞味道鲜美,甜、酸、苦、辣、麻五味俱全。因是五兄弟果园合成而结出的果实,又有五种味道,大家商议将其起名叫"五味果"。邵家父亲也点头说好,于是五兄弟欢欢喜喜分了家。

后来,金峚的人家得到五兄弟的帮助,都种上了"五味果"。由于是在五兄弟齐心协力、同甘共苦劳作下结出的果子,金峚人就把它改名为"金柑"。

三山金柑

乡味解密

北仑三山金柑果实呈长圆形,果皮光滑,色泽金黄,十分艳丽。三山金柑以肉质鲜美、酸甜、味道浓厚而著称。它不仅外表金黄,小巧讨喜,而且全身上下都是宝,果皮也能吃。金柑营养丰富,含有大量的维生素C,能预防感冒,

且对咳嗽有一定的缓解作用。近年来,三山金柑还被加工制成糖水金柑、金橘饼和果汁、果酒、可乐等饮料。

北仑作为宁波金柑的主产地,到20世纪80年代末,种植面积最大时达到1.1万亩,年产量6000多吨,占全国金柑产量的三分之一,曾是全省唯一、全国最大的金柑产区。1999年,原北仑三山乡被浙江省林业厅命名为"浙江金柑之乡"。2001年,"北仑三山金柑"获浙江省农业博览会金奖。2006年,原国家质检总局正式发文批准对"宁波金柑"实施地理标志产品保护,三山金柑获国家农产品地理标志登记保护。

宁海白枇杷

百果家族中的奇珍

枇杷的发源地是中国,其种植历史十分悠久。枇杷树四季常青,树叶婆娑,秋天吐蕾,冬季开花,春天结果,夏天成熟。枇杷因凝聚着秋露冬雪春雨夏阳,吸收了"四时之气"而被誉为"百果中的奇珍"。

地处我国东南沿海的宁波,早在1000多年前,就开始种有枇杷了。象山新桥和宁海一市是宁波主要的枇杷产区。尤其是宁海白枇杷,因其品质佳、口感好而闻名,如今已获得国家农产品地理标志登记保护。

那么,这枇杷到底是怎么来的呢?

传说,在很久以前,浙东沿海有个小村子,村里有一个小伙子名叫阿祥。这阿祥自幼便死了父亲,他母亲既当娘又当爹,辛苦地将他养大。阿祥长大后十分懂事,对娘十分孝顺,是十里八村都出了名的孝顺儿子。

　　这一年,阿祥的娘突然得了一种哮喘病,整日里咳个不停,特别是到了夜里,咳起来像敲毛竹罐头一样,特别厉害。阿祥见娘病成这个样子,心痛得要命。为了给母亲治病,阿祥动足了脑筋,遍访方圆百里内的老中医,可是母亲的病还是没治好。眼看母亲的病越来越厉害,有天晚上竟然咳出血来,阿祥急得团团转。他没办法,便四处打听偏方,煎草药给母亲治病。

　　这天晚上,阿祥睡到床上还在想母亲的病,想着想着,就做起梦来。在梦中,看到一个白胡子老头来到他的身边,笑眯眯地摸摸他的脑袋,说道:"阿祥呀,你不要着急,你母亲的毛病不要紧,有一种东西可以治好的。"阿祥一听,高兴得差点跳起来,一把抓住白胡子老头,说:"老爷爷,快告诉我,是什么东西?在什么地方?"

那白胡子老头微微一笑,说:"是一种野果子,叫黄金果。这黄金果长在后山的山坳里。你去把它连果带叶都摘来,果子鲜吃,树叶拿来熬汤喝。那黄金果对付咳嗽称得上是一击即中,吃后你娘亲的毛病保证好。"说完,那白胡子老头大笑三声离地而起,一下子便无影无踪。阿祥也一下子惊醒了,原来是一个梦。

虽然是梦,可阿祥却当了真。他认定这是自己的孝心感动了神仙,于是仙人才托梦给他。第二天一早,他天不亮就起床,带了点干粮和一些工具,直奔后山而去。

可后山太大了,没有目标,怎么找呀。阿祥在后山找得好苦,差不多把整座山找了个遍,可就是找不到那老头说的黄金果,怎么办呢?回去吧,可娘怎么办?阿祥一想到娘,浑身又来了力气,于是,鼓足信心在山坡上东扒西找。

到了下午,当阿祥爬到一个山坡上时,也许是累了,他突然一脚踩空,竟然摔下一条山沟。幸亏下面有一棵大树把他给挂住了,要不然,不死也得掉层皮呀。说起来也真巧,大难不死的阿祥抬头看了看那棵救了他性命的树,不由得惊呆了。这棵树上竟然真的长满了一颗颗金黄金黄的果子,这不就是那白胡子老头所说的"黄金果"吗?这可真是"踏破铁鞋无觅处,得来全不费工夫"啊。阿祥当即爬到树上,随手便摘了几个尝尝,只觉得酸甜可口,味道真是好极了。于是,阿祥兴高采烈地在树上采了一大筐果子,又摘了许多叶子,这才用一根绳子捆在树上,小心翼翼地滑下了山沟,直奔家中而去。

等阿祥回到家里,天已经黑下来了,阿祥顾不得擦把脸,也顾不得吃饭,进了门便直奔母亲的床头。当即从筐里取出几个黄金果,递给他娘,说道:"娘,这是能治你毛病的黄金果!你快吃吧!"说来也真奇怪,阿祥他娘本来已经咳得快支撑不住了,连医生都说没啥办法了,可是当她吃了阿祥摘来的那些黄金果后,马上就明显地感到气不急了,人也舒服多了。阿祥接着又用黄金果的叶子煎汤给他娘喝。连续喝了七天汤后,那咳嗽的毛病竟然奇迹般地完全好了。

阿祥他娘毛病好了以后对阿祥讲:"阿祥呀,那黄金果真是个好东西呀,你去把它掘来种在自家地里,日后乡亲们有个咳

嗽毛病也好用它来医。"阿祥听后点了点头，叫上几个小伙子去把那棵树掘来了。

村子里的乡亲们见证了黄金果的神奇，便家家户户都来向阿祥讨些黄金果的种子，拿回家种。从此，这个小村庄里家家户户都种上了黄金果。时间一长，人们见它的树叶长得像琵琶，便开始叫它枇杷了。

乡味解密

一市白枇杷

宁海白枇杷产自宁海县东南部的三门湾一市镇。一市镇地理位置优越，三面环山，南临三门湾，具有独特的气候和土壤条件；交通十分便捷，越沙公路横穿全镇，距宁海县城23公里，距宁波市76公里。

1994年，一市镇通过实生选育而成的优质白沙枇杷新品种，具有果大、含糖高、酸甜适口、风味浓郁、皮薄汁多的特点，其品质综合指标超过国内外同类产品。2004年，宁海白枇杷被原国家林业部认定为国家级林木推广良种。

"白枇杷"是宁海一宝，是枇杷界的优秀品种，是南方枇杷中的精品结晶。该品种按无公害生产标准培育而成，自1997年产出以来，曾多次在省、市、县农产品展销会、枇杷品尝会上获奖，是屈指可数的优质绿色果品，深受广大消费者喜爱。2019年5月，宁海白枇杷获得国家农产品地理标志登记保护。

邱隘咸齑
雪里蕻的爱情故事

宁波有很多著名的特产,邱隘咸齑是其中之一。邱隘镇是它的主要产地,也是闻名天下的"咸菜之乡"。宁波自古就有"三天勿吃咸齑汤,脚骨有点酸汪汪"和"家有咸齑,不吃淡饭"等谚语。在物资匮乏的年代,宁波人基本家家户户都会腌咸齑,以备不时之需,正所谓"蔬菜三分粮,咸齑当长羹"。

邱隘咸齑是用雪里蕻腌制而成。雪里蕻,俗名雪菜,往往也被写作雪里红。雪菜背后是浓浓的宁波民俗风情。

传说,在南宋时候,明州西乡高桥有一位雪姑娘,美貌无比,聪明伶俐,从小跟父母学了一手腌制咸菜的好手艺,在明州一带颇有些小名气,人们都称她"雪里红姑娘"。她还有一个拿手绝活,即烧"咸菜黄鱼"。咸菜是她自己家腌制的,黄鱼是她的未婚夫水哥从东海捕来的。

有一年冬天的上午,雪姑娘正在腌咸菜,忽然战鼓咚咚,战马嘶鸣,原来是金兀术领兵渡江南侵,探知康王从临安逃到明州,派大将阿里和蒲卢浑率骑兵追赶至此。雪姑娘正想躲藏,突然,有一穿黄袍的人从西向东仓皇逃来,见了雪姑娘忙说:"姑娘救我!我是康王。"

雪姑娘想:"国不可一日无主,我一定要拼死相救。"她急中生智,把康王拉进了一只腌制咸菜的空大缸里,上面盖上新鲜的芥菜。刚刚盖好,阿里和蒲卢浑就追来了。

阿里和蒲卢浑挥刀威逼雪姑娘说:"你看见一个穿黄袍的人吗?快说,要不就叫你脑袋搬家!"雪姑娘想到为国救驾,反倒镇定自若地回答说:"往明州去了。"阿里和蒲卢浑说了声:"追!"便策马往明州而去。

待金兵远去,康王才从缸里出来。康王对雪姑娘说:"我饿了,姑娘可有什么充饥?"雪姑娘想到家中只有一碗咸菜黄鱼,就端给康王吃。康王尝了一口,味道鲜美,就大口大口地吃了起来。

康王刚刚吃完,忽听战鼓又响,只见一队人马来到,却是张俊大元帅领兵五千赶来救驾。康王这才宽下心来,问:"卿有何计能保驾退敌?"张俊说:"臣在三江口备下舟船百只,保陛下登舟前往定海、温州等处避难,待各地勤王之师赶到,金兵定退。"康王大喜,临行问雪姑娘:"你是朕的救命恩人,叫什么名字?日后回朝好封赏。"雪姑娘装了一篮腌制的雪里蕻咸菜,送给康王说:"这是我亲手制作的,也是我的姓名,请万岁带去路上充

饥。"康王也来不及细问,命士兵带着咸菜,策马往三江口而去。

数年后,金兵退去,康王回到京城临安,想起在明州高桥吃的那顿鲜美的咸菜黄鱼,便下旨命张俊前往明州,召雪里红姑娘上朝听封,并随带咸菜黄鱼进宫。

张俊奉旨把雪姑娘接进了京城。康王大喜,当即给雪姑娘加封:"雪里红姑娘听旨,念你救驾有功,朕封你……"康王仔细一看,突然把话停住了。为啥?他发现雪姑娘竟这样美貌,不觉起了邪念。他本想封雪姑娘为"四明公主"的,随即改口说:"封你为王妃,立即进宫,不得有误!"

雪姑娘一听,好似晴天霹雳,忙说:"万岁,您可不能恩将仇报啊!小女子早已许配给水哥为妻,万万不能从命。"康王铁心已下,说:"你那水哥我可封他为明州知府,赐他金银,命他退亲另选美女婚配便是了。"雪姑娘急了,说:"万岁,我与水哥从小青梅竹马,心心相印,恩爱无比,怎能分离呢!"康王一怒之下,便心生毒计,命水哥进京劝说雪姑娘。如能退婚就封赏;否则,以欺君之罪论处。

水哥奉旨进京,见了雪姑娘,两人抱头痛哭,大骂昏君无道,海誓山盟,永不分离。康王大怒,把水哥打入天牢,不日问斩。这可急坏了雪姑娘,为了搭救水哥,她就向康王提出两个条件:一要释放水哥;二要准她回家探望一次父母乡亲。康王觉得这两个条件并不难,就答应了。

水哥释放后,雪姑娘由张俊带着兵马护送,回到了家乡。她祭祖先,拜双亲,又劝说水哥出海逃走。最后哭别了乡亲,上轿前乘人不备,一头撞墙而死,慌得张俊连忙赶回京城报信。

高桥的百姓见雪姑娘含冤而死,人人怒火冲天。他们推举水哥为首领,起义造反。明州百姓也纷纷起来响应,要杀往京城临安,向康王问罪。这一来康王可着急了,只好封雪姑娘为忠孝节烈女,这场风波才算平息了下来。雪姑娘的英烈事迹,和她制作雪里蕻咸菜的绝技,至今还流传在宁波民间。

邱隘咸齑

邱隘咸齑是宁波传统的菜肴,之所以特别好吃,一是当地土壤特别,赋予雪菜特殊的风味;二是得益于加工中的特殊技巧及配方,口感微酸,鲜味足,不同一般。它的制作技艺如下：

一是装缸。七石缸洗净，放在室内避光处，三分之一缸体埋入地下。

二是装菜。鲜雪菜去除黄叶，削除菜根，摊晒3-4小时，冷却后装入缸内。每缸装菜量约500千克，计10-13层。

三是放盐。装一层菜撒两次盐，底层用量约2千克，中层每层撒5千克盐，上层撒4千克盐，封口盐以盖往菜叶为度。

四是踩踏。踩踏者始终在缸内作"圆周运动"，把撒上盐的雪菜踩扁踏实，先踩四周，再踩中央，以出卤为度。

五是封缸。用尼龙薄膜封上缸面，要尽量减少缸内空气，免其发酵，再封上黄泥。

邱隘咸齑色泽黄亮，有香、嫩、鲜、酸的特点，既能生食，也可做配料。与海鲜、河鲜、肉禽蛋类烹调，既能显示配角的谦逊，又能借着主角的光彩，提高自己的品位。

余姚榨菜

舌尖上的"国民下饭菜"

中国酱腌菜制品种类丰富,每个地区都有自己的特色。榨菜是酱腌菜家族中的重要一员,也是老百姓日常餐桌上不可或缺的下饭小菜,享有极高的国民度。

榨菜在我国各地种植广泛,多不胜数,各地口味也各有不同。其中浙东余姚所产的榨菜风味极为独特,鲜、香、嫩、脆齐全,耐存贮,适合烹调,不仅畅销省内外,而且声名远扬于国外。

余姚是全国最大的榨菜生产加工基地,是原农业部命名的"全国榨菜之乡"。余姚榨菜是宁波市十大特色农业产业之一,也是浙江省十个拥有全产业链的农产品之一。在余姚人眼中,榨菜不光是一个产业、一个农业品牌,更是一张城市名片。2004年就获得"原产地地理标志"认定的余姚榨菜,连年来总收割面积达到10万亩,榨菜鲜头总产量达40万吨。目前,余姚榨菜的全国市场占有率达60%,产品远销20多个国家和地区。

"好看不过巧打扮,好吃不过咸菜饭,榨菜过泡饭,味道交关赞。"这句宁波老话,是人们对余姚榨菜的赞誉。余姚榨菜的样式很多,有片、有丝、有丁,味道有麻辣的、鲜香的、酸爽的、清甜的,让人回味无穷。据说用余姚榨菜至少可以制作出一百道美味菜肴呢!

余姚农户腌制榨菜,一般用的是老法子。这是一套独特的榨菜腌、榨技术,经过三次腌制、三次榨干加工完成的榨菜,皮薄肉嫩、味道鲜美、口感爽脆,还有一股沉郁绵长、经久不散的香味。无论是蒸、炒、煮、焖、烧、烩、煨、拌、煎,都不会改变它鲜香脆嫩的本色。

余姚榨菜与国内另一重要的榨菜产地四川的榨菜相比,更具独特风味。四川榨菜春种秋收,余姚则是秋种春收;四川榨

菜种在山坡地上，余姚榨菜种在沿海平原松软的沃土里。余姚一带土壤肥沃，雨量充沛，生长期间越冬经霜，加上菜农的精耕细作，因此，余姚产榨菜圆头大，特别鲜嫩，口感爽脆。

这号称"国民第一咸菜"的榨菜有着怎样的故事呢？

传说，唐代贞观年间（627—649），浙东四明山麓的一座寺庙内，有一位住持高僧，活了一百多岁，仍然耳聪目明，坚持坐禅，照常念佛。

有天晚上，这位高僧正在静心打坐，忽然远远看到一个妙龄美丽的仙人，驾着祥云，徐徐自天而降，着地以后，飞快来到寺庙禅堂前。之后，仙人彬彬有礼，不疾不徐，走到高僧面前，高兴而又爽朗地对高僧说："天子要见你。"高僧闻言，既惊又喜，随口便问："天子在哪里？"仙人说："你紧跟我走就知道了。"

高僧跟随仙人，慢慢悠悠，不知不觉豁然开朗，就进入了天庭。只见天宫之中，金碧辉煌，空旷无比，奇花异卉，芳香扑鼻，仙乐仙舞，煞是迷人。高僧来到銮殿，小心翼翼，屏住呼吸，毕恭毕敬拜谒天子。施完法礼之后，天子见他年迈，招呼他一旁坐下，然后庄严降旨：

"念尔自幼学佛，一贯诚心诚意。今命神农与尔一同返寺，继续修炼，偕众僧躬耕学圃，御赐神农菜种，冀妥为珍藏，携回精心播植，定获硕果。法旨。"

高僧领旨之后，和神农一道，顺利回到寺旁菜园边，只见神农挥手一指，原先种在地里的大头菜（蔓菁）统统都变了：茎部长出了许多青绿色的、肉头肥厚的脆嫩苞块，菜叶也变得更青、更肥、更大了。高僧满怀喜悦，只顾看菜，不知神农什么时候已经离开了寺庙。一阵凉风吹来，高僧被吹醒了，才知道所见种种是自己做的一个美梦。

第二天清早，高僧健步来到寺旁的菜园，果然看到他原来种的大头菜全部变了样。说它是什么菜，都不太像，因为每棵菜都长了一个青黝黝的菜脑壳，僧人们异口同声地称它为"青菜头"。又因为它是神农来帮助栽培成功的，有人又称它为"神农菜"。

自从有了这种独特的青菜头种，浙东一带的农民开始用它做榨菜，慢慢地，榨菜就出名了。

乡味解密

腌榨菜

榨菜是日常食用的一种咸菜。家庭自制榨菜，可以选用大头菜作为原料，腌制方法很简单。

首先将清洗干净的大头菜从中间切成两半，再切成细丝状。在切好的细丝中加入食用盐，盐的量要稍微多一点，因为盐是最好的防腐剂。将盐搅拌均匀，腌制 1 小时。

经过 1 小时的腌制，大头菜已经出水了，而且变得很软。这时需准备一块纱布，将大头菜放入纱布中，捆绑起来挤干里面的水分。

接下来将挤干的细丝放在盆中,加入两勺辣椒,抓拌均匀,喜欢吃麻辣的,也可以适当加入一点胡椒粉。

最后准备一个带有盖子的密封罐子,将拌好的咸菜丝放入密封容器中,放进去的时候一定要压紧,密封腌制一周左右就可以拿出食用了。

家庭自制的榨菜腌好之后,吃起来清脆爽口,特别下饭,如果腌制的时间长一点,吃起来更美味。

臭冬瓜
舌尖上的一缕乡愁

要问最具宁波地方特色,为宁波独有的菜肴是什么,非"臭冬瓜"莫属也。旧时,老宁波每户人家都藏着几只坛子,其中有一只必是臭卤甏,专门用来做臭冬瓜。甏口一般用薄膜纸盖着,草绳扎紧。早晨吃泡饭时,夹出一块淋上点麻油,臭不可闻,又清香可口,令人食欲大开。

虽说臭食在中国各地都有,但这臭冬瓜只在宁波可觅。宁波人嗜"臭"的历史十分悠久。清代范宣在《越谚》有"苋菜梗"条云:"苋见《易夫卦》,其梗如蔗段,腌之气臭味佳,最下饭。"

"臭名远扬"的宁波臭冬瓜味道奇特,闻起来很臭,吃起来很香,堪称宁波民间菜中的一朵奇葩。清爽爽、香酥酥的臭,融于舌尖,夹杂着经过发酵的鲜香,最得宁波人的喜爱。

对初食者来说,宁波臭冬瓜的臭味可不敢恭维,食时可佐香油、辣椒、葱白等料,入口即化,回味香溢。夏吃,有解暑、凉

血、开胃功效;冬食,有驱燥、通气、提味作用。

宁波臭冬瓜是怎么来的呢?据说以前浙东渔民出远海捕鱼,一个来回就得数月甚至大半年。出海前,船上要贮存足量蔬菜,冬瓜价廉且易储存,装在坛坛罐罐里,时间一长,发酵变臭在所难免。勤俭的渔民舍不得丢弃,于是佐点盐料、蒜泥、香油来祛除臭味,无意间,发现此物竟然臭中蕴香,出奇好吃,后经过多代人改良,便有了当今举世无双的"宁波臭冬瓜"。

臭冬瓜的魅力,让异乡高僧也念念不忘。清光绪二年(1876),清代著名高僧八指头陀从湖南长沙来到宁波,先后挂锡于鄞县茅山寺、阿育王寺、天童寺等寺院。四年后他离开宁波,想起以后再难吃到的宁波美食,即作《将归长沙·即事戏作》一诗:"四明风俗异长沙,爱吃咸齑与豆渣。归到湖南乡味别,有钱难买臭冬瓜。"周作人先生也曾赞臭冬瓜:"名臭而实香,没富贵气味；滋味悠长，独一无二。"

在宁波，还流传着一个一碗臭冬瓜价值500万元港币的故事。

浙江文化底蕴深厚，虽为经济大省，但大学却很少，改革开放前，只有一所全国重点大学——浙江大学，而宁波竟没有一所综合性大学。1987年，邵逸夫重回故里。当时宁波市的领导在宾馆设宴招待他。聊起家乡，邵逸夫说起了臭冬瓜的味道。

可宾馆哪有此物？接待人员马上去市民家里采购，总算上了一盘臭冬瓜。家乡人置办臭冬瓜的效率和速度，令邵老印象深刻，再加上家乡美味中蕴含着的浓浓乡情，他毅然做出了给当时的宁波师范学院捐款500万元港币的决定。

以后，邵逸夫几乎每年都拿出1亿多元用于支持内地的各项社会公益事业，尤其是教育事业。他捐助的资金累计超过30多亿元，受惠学校及教育项目遍布31个省、市及自治区。在中国捐资助学史上，邵逸夫可当之无愧称为第一人！

无独有偶，香港当年著名的船王包玉刚先生，老家也是宁波。他回乡省亲时，饭店为包先生精心准备了鱼翅、海参、鲍鱼、干贝等各种高档海鲜以及时令鲜蔬。没想到进餐时，这位大老板对所有的高档菜肴都不感兴趣，出人意料地点了臭冬瓜。

饭店里名厨如云，但一听这个臭冬瓜全蒙了，最后找到一位老太太帮忙做，做完臭气难闻。包玉刚尝试后，激动得热泪盈眶，连连叫好！他感慨道："我在香港想臭冬瓜40多年了，今天终于如愿以偿……"消息传开后,境外的宁波帮纷至沓来,都要尝尝臭冬瓜的味道。一时间,香港也逐"臭"成风,一船一船的臭冬瓜从宁波运走,臭冬瓜也就成了大小菜馆的"家乡菜""特色菜"。

想想邵先生、包先生一生游走世界各地,腰缠万贯,什么珍馐美食没吃过,却唯独忘不掉这又臭又烂的臭冬瓜,可见老宁波人对臭冬瓜的执念有多重。

乡味解密

臭冬瓜

宁波"臭冬瓜"风味独特,制作方法简单,有两种方式。熟腌的话,用本地产大冬瓜,切成10厘米左右方形大块,留皮去瓤后洗净,放入沸水中焖软。可根据食用先后掌握余水时间。煮至七八成熟,出锅后放入一只盛满凉开水的大容器内,把冬瓜淹没,第一次隔4小时换一次凉水,之后隔8-10小时换一次凉水,至少放上24小时才可腌制。凉透后,冬瓜瓜皮朝下放入小口圆肚瓦甏中,一层冬瓜一层盐,倒入些许臭卤密封放置阴凉处,臭卤中的乳酸菌使冬瓜自行发酵,快者十天半月即可食用。

生腌的话,先把生冬瓜洗干净,挖出絮状瓜瓤,再把冬瓜切成10厘米左右见方的大块,直接放入缸中,一层冬瓜一层盐,然后密封保存。等到半年至一年,再打开观察,看冬瓜块有没有变软,如变软了,就可以开吃。一般开吃前半个月到一个月,在缸里倒入臭卤即可。

羊尾笋干
至鲜至美的百日菜

　　羊尾笋干是奉化三大土特产之一,与水蜜桃、芋艿头齐名,在海内外颇享盛名。其由当地盛产的雷笋、龙须竹笋加工而成,因其形如羊尾而被称作"羊尾笋干"。据说,它是在溪口镇上一个名叫山籽的竹农大胆尝试下诞生的。

　　话说宋朝时期,四明山区有个名叫山籽的竹民,从小没了父母,寄养在他的伯父家。他16岁时,伯父病逝,伯母哭得死去活来,担心日子无法过下去。山籽哭着劝道:"阿姆放心,我不会丢下你,讨饭也要先让你吃饱。"从此,家里担子全压在他身上。他与伯母一起开垦了大片土地,种上小竹子,等竹子成材后,便日夜不停地编竹篮卖,尽管日子很清苦,但还能过得下去。

　　有一年春天,竹山上春笋破土而出,山籽挖了不少回来,想长期保存,但放了几天,春笋全部霉烂。找不到保存的好方法,两人只好赶紧吃,为了省点米,连续几天竹笋当饭,直吃得上吐下泻。他一气之下,将竹笋喂猪。猪吃了竹笋不长肉,像野猪似的跑出栏外,山籽只好改喂野草。眼睁睁看着好好的竹笋烂掉,他心里有说不出的难受。

一天,他对伯母道:"竹笋无法保存,鲜笋吃多了又坏肚子,不如挑到山外去卖。"伯母说:"山高路远,介重东西,能挑多少呢?弄不好累坏身子,血本无归。"山籽回答说:"能卖多少算多少,总比烂掉好。"

翌日,山籽一早起来,挑着几十斤鲜笋到几十里路以外的溪口去卖。他挑得精疲力竭,还没卖几斤,太阳下山,天渐渐暗下来,他忙将竹笋连送带卖处理完毕,赶到家已是下半夜了。他既累又饿,一到家,没喝口水便晕倒在床上,不省人事。伯母把他喊醒,端来一碗粥,含着泪喂他,并对他说:"山籽,在家老老实实编咱们的竹篮算了,山外的钱不是咱们这种人赚的。"山籽说:"阿姆,我不死心,我就不相信山外的钱咱们不能赚。我病好了还要出去,一定要走出一条路来。"他吃着伯母喂的粥和盐竹笋,猛然眼睛发亮,掀开被子,兴奋地说:"阿姆,有了,我想出办法来了!"伯母忙替他盖好被子,说:"快吃,粥凉了,别想东忖西了。"山籽拉着伯母的手说:"你快剥几十斤竹笋,把家里所有的盐都拌上,放在锅里煮。用盐熻的竹笋放的时间可能会长些。"伯母说:"你别胡思乱想,我活了这么大年纪,还没听说有这种吃法的。放这么多盐,不是吃盐巴吗?"山籽说:"我们不是

愁竹笋时间放不长吗？煮过的竹笋与鲜笋不一样，挑几十斤燀笋上街，等于挑几百斤鲜笋，大片竹山就有救了。"伯母说："好是好，我就是担心燀过的竹笋万一不能吃，不就白白丢了盐？你想过没有，咱山村买点盐也不容易啊！"山籽仿佛一下子好了，他边披衣边说："有钱就有盐，有钱什么都会有。"伯母哪里犟得过山籽，当即剥了几十斤鲜笋，放了许多盐，缓火燀煮，直烧到天亮。晾干后，燀笋变样，山籽吃了一块，觉得味道很好。他将燀笋包好，挑到溪口去卖。不到一个时辰，燀笋全部出手，赚回的银子相当于他以前半年的收入。

从此，山籽除了打篮出售，一到笋期，就以出售燀笋为主。溪口街上的村民都知道山籽的燀笋是上等货。他名声大振，生意越做越大，燀笋还卖到了宁波。

却说宁波知府有个在苏州做官的亲戚，来宁波探亲，因水土不服,连续几天拉肚子,不吃不喝,人也越来越消瘦。宁波知府焦急万分,只好给他请医用药。有一天早餐,两人以山籽卖的燀笋当小菜,知府的亲戚吃后,觉得口爽饭香,连续吃了两大碗米饭。饭后,他的病仿佛一下子好了。亲戚对知府老爷提出要求:"这燀笋治好了我的病,我很喜欢吃它,带些回去会吃完的,能不能代我在溪口开设一个供应点,每年给我们苏州运几百斤如何?"

宁波知府不清楚溪口能否产出这么多燀笋,感到为难,但他是个挺要面子的人,常在大庭广众面前吹牛说"明州物产甲天下,资源犹如剡溪水",自然也在亲戚跟前说过。他不好在亲戚跟前说这点燀笋都办不到,当即表态同意去订货。

自从山籽的燀笋稍有名气后,他从周围村庄收购了成批竹笋,一心想做大笔生意,正担心找不到销路。他听说宁波知府派人到溪口订货的消息,真是求之不得,当即写下每年向苏州出售燀笋500斤的合同。山籽回到家,告诉了伯母,老人家高兴得合不拢嘴。她自知年老体弱,家中需要个帮手,便在跸驻村给山籽物色了个姑娘,定下亲。

第二年春天,山籽山上的竹笋比往年都多,一家三口连续几天燀笋,用竹篓包装了600多斤,取名为"羊尾笋干",小夫妻俩乘马车运往苏州。不久,山籽的"羊尾笋干"名传苏浙,他从一个贫穷的竹农变成一个富翁。溪口周边山民纷纷跑到山籽家里取经,山籽毫无保留地将技术传授给他们。从此,溪口一带的"羊尾笋干"销路不断拓宽,逐渐运往全国各大城市,直至国外。

乡味解密

奉化羊尾笋干

羊尾笋干是奉化一带的传统特产,已有数百年历史。这种笋干是用雷笋、龙须笋加盐燀煮而成。雷笋、龙须笋含有蛋白质、脂肪、糖分、钙、磷、铁及多种维生素。加工成笋干后,一年四季均可食用,故有"百日菜"的美誉。制作羊尾笋干,一般要经过选料、剥壳、裁切、清洗、下锅、加盐、

水、猛火燰煮等几道工序,燰煮2-3个小时。

羊尾笋干吃法众多。食用前,先将笋干撕成丝,用冷水漂4-5小时,漂淡至自己喜欢的咸度,然后放点糖、味精和麻油,一道香喷喷的凉菜就出来了,非常适合就泡饭或粥吃。也可以用水洗去表面的盐,用来烹饪番茄蛋花汤,或者在蒸蛋里放一点羊尾笋(切成小块),特别是在煲鸡汤、煮肉的时候加几根笋丝,其味道更鲜美!

大榭萝卜干

源于海岛的特色土味

萝卜是餐桌上最常见的一种蔬菜，有长圆形、球形、圆锥形等。它们都有漂亮的表皮，白色、红色、绿色、粉红色、紫色，真可谓有姿有色，且有滋有味，生食熟食均可。宁波地区以白萝卜最为常见，红萝卜（胡萝卜）少许。甬城百姓对萝卜情有独钟，夸它们"生止渴，熟当粮""冬吃萝卜赛人参"。

大榭萝卜干是宁波的传统特产，源于北仑大榭岛，故名。大榭岛流传着一首民谣："大榭岛，出产好，金柑李子水蜜桃。茶叶要算东西岙，小峙泥螺木佬佬。萝卜是个宝，番干不可少。"当地人从清咸丰年间即开始加工萝卜干。大榭人利用海岛特有的风土气候，挑选皮薄、白净、质鲜嫩的长形小萝卜，因地制宜加工成萝卜干。这种萝卜干黄中带红，香甜爽口，咸淡适中，是大榭岛的传统特产，一度远近闻名，销往全国各地及港澳地区。

  大榭人种植的萝卜品种为长形小萝卜,皮薄白净,质鲜嫩。在早稻收割后的水稻田里,种田人及时翻耕暴晒,促其风化,洗净后用刀纵向切成均匀的三角形的萝卜片条,在寒风中放在迎风倾斜的竹篾编织的透风物器上晾晒。岛上居民用祖传的方法加工腌制的萝卜干清香四溢、味醇爽口,与省内著名的"萧山萝卜干"齐名。

  大榭萝卜绿绿的叶子有点涩,白白的根茎有点辣。说起来,它还有段神奇的传说故事呢。

  相传,宋鄞县县令王安石建造穿山碶,在凿岩的时候,惊飞了十八只金麻雀。它们在大榭山歇脚,遇人追捕时,惊慌起飞,将口衔的十八颗种子全掉落在大榭岛上,这些种子散落于岩缝、草丛和沟渠旁。

  雨滋雾润,第二年中秋,十八颗种子都发了芽。说来奇怪,那些种子秋天发芽,冬季生长,第二年春天开白花、结红籽。叶

子绿绿的、涩涩的,根茎白白的、辣辣的,样子怪怪的。鸟不爱啄,虫不会咬,当地居民谁也不敢吃,谁也不敢碰,认为可能是毒草。那"毒草"却不择土壤贫瘠,不顾水分多少,照样长得郁郁葱葱,遍布岛上角角落落,就连在盐碱地上也能茁壮生长。

清朝咸丰年间,大榭岛遭遇了一场饥荒,人们吃光了草根、树皮,眼看秋尽冬来,再也找不到可吃的食物了。一位胆大的教书先生打量着那些"毒草",心想与其被活活饿死,还不如做个饱肚鬼。于是他拔起一棵最大的"毒草",擦擦泥就把它吃下了肚,一下子吃了十八棵,肚子吃得圆鼓鼓的,倒头便睡。第二天早上一觉醒来,啥事也没有,反而感到精神抖擞。他急忙穿村入户,告诉大家快来服"毒草"充饥。

大伙儿哪里肯信,他就现身说法,当众又吃下"毒草"十八棵。笑着说:"快来服,快来服!""这叫啥东西?""叫、叫、叫……"他叫不出名字,灵机一动,说:"既然叫大家来服,那么就叫'来服'吧。"靠着"来服",岛民们度过了饥荒。那个教书先生却觉得"来服"这名字欠妥,于是给"来服"加了个草字头变成了"莱菔",后来谐音称作"萝葡",之后又被简化为"萝卜"。

岛民从此开始种植"来服",逐步将其培育成菜梗小、根茎长的白萝卜。这种白萝卜体长、肉肥、茎大,为大榭岛特有品种。大榭萝卜虽好,但不易保存。于是聪明的大榭人将其加工成萝卜干,把白色萝卜切条、晾干、脚踩、手翻日晒,加上适量的盐,腌制成色泽金黄、嫩脆鲜甜的萝卜干。无论是煮、炖,还是蒸、炒,大榭萝卜干都是下饭的佳肴,还可作为零食,深受大家的青睐。

乡味解密

大榭萝卜干

萝卜干是大榭岛的传统特产。大榭萝卜干的制作过程大致如下:

先找个缸,在其底部撒上点盐,然后铺一层已被风吹一成干的鲜萝卜条,再撒上盐,压实。这样一层干萝卜条一层盐,直到把缸装满。隔天萝卜条由白色转为玉白色,并有一股辛辣味。将其取出,然后把原缸上层的萝卜条铺在缸底,原缸底的萝卜条铺在缸面,依次一层一层压实。过三四天再重复一遍。这时干萝卜条已显出一点淡黄色。假如要贮藏到三伏天之后,过十来天还需翻踏一次,那时萝卜干将黄中带红。抓出一把,香气扑鼻而来,尝一下,鲜香脆甜。这样的萝卜干只要压实,上层封上盐,无论装在大缸还是小瓮,到了三伏天也不会变质。

大榭萝卜干黄中带红,咸淡适中,香脆可口。盛夏酷暑时,取一把萝卜干,切成小段,在浇上油的镬里加些许黄酒、糖、葱,炒一炒,满屋飘香。即使清炖,加几瓣蚕豆,也鲜气十足,有解热消暑之功效。

前童三宝
制作秘方观音传

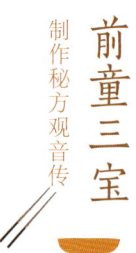

　　宁海县前童镇的三样特产——豆腐、香干、空心腐，统称为前童水作豆制品。凡吃过前童水作豆制品的人，都有共同的感慨：前童豆腐白嫩细腻，前童香干喷香柔韧，前童空心腐又香又脆，男女老少皆宜，人人喜爱，故前童豆腐、香干、空心腐也被称为"前童三宝"。

　　前童水作豆制品为什么会这样好吃？有什么特色呢？

　　前童地处白溪与梁皇溪交汇处，四周群山环绕，泥土带沙性，适宜种黄豆。自古以来，前童一带一直种黄豆，黄豆收获时间比其他豆类要早，所以称为早豆。因为黄豆在六月季节成熟，故又称为六月豆。这种豆质地好，出豆率高，所以前童水作豆制品拿此豆做原料。"水作豆制品"对水质很讲究。前童的水特别好，是白溪、梁皇溪的水源。古时，前童村各家各户都要打井，井深十几米，甚至几十米，地下水经过过滤，特别清澈甘甜，

用这种水做的豆制品特别好吃。

那么前童制作豆制品的技术又是怎么来的呢?

相传,观世音菩萨路过前童,看到村里人都面黄肌瘦,就去了解其中原因。原来前童百姓种的是六月豆,六月天热煞人,人们天一亮就去拔豆,中午打豆,打后晒豆,一天到晚忙忙碌碌碌，不能休息。太阳越猛，豆越容易脱壳，所以人们往往都是在烈日下打豆。六月天雷雨多，人们还要时刻提防晒着的豆被雨淋湿，一旦被雨淋湿，豆质就要受影响。因此，前童百姓劳动强度特别大，也特别辛苦。观世音萌生了恻隐之心，下凡化为村姑，找到殷实人家，把天庭制作豆制品的工艺传授给他们。

　　刚巧弥勒佛经过前童，他从远处看到这儿有一位绝美的姑娘，不像凡人，猜测莫非是嫦娥，或是七仙女。走近一看，原来是观世音的化身！弥勒佛停住脚步，对那"村姑"开起玩笑来："菩萨有思凡之心，莫非看中了前童的哪位小伙子了？"观世音抬头一看，原来是弥勒佛，听那话说得很轻佻，就想捉弄弥勒佛。她正在过滤豆腐，想到过滤后有上作与下作之分，于是便借题发挥，说："你呀做人不要做下作（流），要做上作！"弥勒佛听了还以为观世音问他要上面的还是要下面的。他看了看下面白糊糊的（不知道是滤过的豆浆），误认为是坏货，忙说："当然要上面的。"观世音讲："你要就拿去吧。""你这话是否当真？""绝对当真！"于是，弥勒佛就提起一袋"上作"（豆渣）走了。

　　再说弥勒佛在观世音处话里占了便宜，又将上作的"好货"给拿了来，想想观世音是何等强者，今天可败在他手里了！越想越开心，便得意扬扬地挺起大肚皮，笑开了嘴。相传，弥勒佛挺着大肚子笑的模样，就是他从前童拿来"上作"货时开始的。

　　弥勒佛走后，观世音继续传授前童人做豆制品的技术，还教了他们好几个绝招：用盐卤一点，盒子一裹，就成了豆腐；豆腐一包装烟一熏，便成了香干；用油一炸煮又成了空心豆腐。由此造就了"前童三宝"。前童人有了"三宝"秘方，做水作的人渐渐多起来，生活也逐渐好了起来。

年复一年，又是一届蟠桃盛会，王母娘娘召集各路神仙，一清点独缺观世音。弥勒佛上过观世音的当，心怀不满，便附耳对王母娘娘细说详情。王母娘娘大怒："这是天庭秘方，怎能传到民间去呢？"即刻派太白金星去调查，一要把观世音叫回来，二要将"三宝"的制作秘方收回来。太白金星不敢怠慢，马上驾起云，不一会儿来到了前童，向观世音说明王母娘娘发怒一事。观世音心里一惊："哎呀，怎么忘了蟠桃盛会呢？"事到如今也来不及通知那些"三宝"的传人，于是就匆匆奔赴蟠桃盛会。在田间劳作的百姓，只见"三宝"店上空万道金光散射八方，半空中出现一座莲花台，台上立着的正是那个传授做豆制品秘方的姑娘，原来她就是观世音菩萨！

为了报答观世音的千古恩德，前童人建造了规模宏大的观音堂，竖起了观音像，堂内香火旺盛。后来不知怎的，这个观音堂被王母娘娘知道了，她派来祝融一把火将它烧掉了。百姓只好在各自的院子中堂竖起观音像，每逢初一、十五祭大慈大悲的观世音。

前童的香干豆腐越来越有名气，"三宝"的制作方法传到了宁海各地以及宁波等地，但其他地方出产的豆制品始终比不过前童。当地一直流传着这样一段顺口溜，"观音菩萨传三宝，前童豆腐好味道。"

乡味解密

前童三宝

宁海县前童镇的三种特色小吃：老豆腐、空心豆腐和香干,选用农家作坊的豆腐、香干、油豆腐,运用蒸、炸、烘等技法制成,各具特色。

老豆腐最家常的做法是油煎,由于原料出色,所以口感细腻。空心豆腐,长圆、鼓形、中空,炸成金黄,趁热咬上一口,薄薄的、酥酥的、香香的,撒上椒盐更好吃。香干的工艺传说是从皇宫里传出的,有1400多年历史,其口感细腻、清口香润、喷香柔韧,配菜、单吃都好。

前童三宝的第一步都是从豆腐开始做起,但又让豆腐呈现出不同的形态和口感。前童豆腐的制作工序非常讲究：六月豆配上前童清澈的山井水,用石磨手工磨制出浆,大豆里透着萌芽时的草根清香,因而做出的豆腐也能保留大豆本身的清香甘甜,21道工序,从浸泡、磨浆,到滤渣、点卤,一丝一毫都不能马虎,才有了"前童三宝"。

楼茂记香干
百年酱香飘万里

"勿吃楼茂记香干,生活做煞吭相干。"这在从前的宁波,可是一句妇孺皆知的话。这句话的意思是说,再苦再累的活要干,但楼茂记香干不可不吃,否则就失去了生活的意义。香干,是宁波人最常吃也很爱吃的一种豆制食品,以宁波楼茂记香干最为著名。

在老宁波的心里,"楼茂记"可是块响当当的金字招牌,以前厨房里用的酱油米醋,饭桌上吃的香干烤麸等,基本上都是楼茂记生产的。由于质量好味道佳,楼茂记的产品一直以来受到许多宁波人的喜爱。"楼茂记"全称为"楼恒盛茂记酱园",已有300多年历史。

相传康熙晚期,奉化楼岙(现为奉化楼隘)的一对小夫妻来到宁波,想找个营生。他们走走看看,互相商议,最后决定摆个豆芽摊。因为孵豆芽成本低,时间短,只需把黄豆闷在蒲包里,然后天天定时浇水，一周左右，黄豆就能长出芽来，成为豆芽菜。夫妻俩觉得小本生意风险小，虽赚不了大钱，但调头（周转、撤退）也快。

于是楼氏夫妻就在江东百丈街和灰街拐角处，摆起了豆芽摊。由于夫妻俩待人和善，又善经营，把秤时从不缺斤少两，秤尾总翘得老高，豆芽生意不久就红火起来。为了扩大业务范围，夫妻俩又开设了豆腐水作工场，在原址自产自销豆腐、豆芽、素鸡、香干、鲜麸等，在淡季时，还能晒些豆瓣酱。在当时，原料没有问题，销路不用愁，下脚废料也可变钱，获利不菲。

几年后，收益积累，积累又投资，作坊的规模越来越大。正巧当时族内有人京试中榜，任遵义知府，财势结合，楼氏就于乾隆八年（1743），以楼茂记名义，领了准买官盐的烙牌，购盐造酱，"楼恒盛茂记酱园"终于隆重开张。此后业务更加发达，积累更加丰厚，又在老家奉化开设了"楼恒昌酱园"。

关于"楼茂记"的发达还有一个故事。某年除夕，楼氏夫妇打了烊正在吃年夜饭，忽然店门"吱"一声开了。楼氏出去一看，原来是门外街沿上一个露宿的老人不小心把门撞开了。善良的楼氏夫妇见老人衣着单薄，浑身哆嗦，面有饥色，顿生恻隐之心，让他进屋，搬座椅添碗筷，让他同桌吃饭。

饭后，热心肠的楼氏夫妇还给老人搭了个床铺，让他留宿。老人把原委一一道来。原来老人是温州海岙人，唯一的儿子被强拉充军，老妻又卧病在床，老人流落四处找儿子。听说儿子

楼茂记酱园（摄于宁波博物馆）

在镇海，就赶了过来。但找了半年也没找到，盘缠也已花光，只得风餐露宿，以乞讨为生。眼下只求能早日回乡照顾老妻。楼氏夫妻听后，便拿了二两银子给他作盘缠，又包了干粮给他路上充饥。楼老板把老人送出店门并对他说："十年修得同船渡。如在温州生活难以为继，就来找我好了。"

第二年，老人竟然真的又来到"楼茂记"。原来他一直没有找到儿子，妻子也离开了人世，他孤苦伶仃一个人，生活无以为继，只得投奔而来。老人在店里帮着打杂，与楼氏夫妇起居饮食，共处一屋，天长日久，逐渐有了亲情。

几年后老人患病在床，久病无孝子，楼氏夫妇却端汤熬药，尽心服侍，使老人十分感动。老人临终前，从口袋摸出一张泛黄的纸片,对楼氏夫妇说:"这是我们家传自制香干的秘方,尽管我们祖宗有遗训不外传,但是你们的恩德我无以回报,就将这个秘方留给你们……"

楼氏夫妻收下秘方后,日复一日钻研并改进香干的制作工艺,后代传人对工艺进行改进和创新,终于让"楼茂记"的香干和名声盛传至今。

由于"香干"谐音"相干",含有精明能干和凡事顺利、有所依靠的意思,所以过去农村办婚丧大事,酒席上必用香干。此风俗沿袭至今,现在,香干作为一种素菜和佐料,还经常出现在市民的餐桌上。

乡味解密

楼茂记香干

"楼茂记"是有着260多年历史的老字号,有着深厚的文化积淀,是宁波的老名片之一,尤以其出产的香干色味俱佳,最负盛名。楼茂记香干从品相看,色泽黄亮,块形方正,尝其味,既有别于绍兴五香豆腐干,又有别于苏州、无锡、常州一带的香干。风味独特,韧而不坚,柔中有松,咸中透鲜,鲜中溢香,吃后使人没齿难忘。

楼茂记香干制作精良,并严格按照程序生产。所用的黄豆,需先拣去泥沙杂质,然后在常温下浸足6-12个小时，做到适磨而皮不皱，接着是水磨、煮浆、泡浆、打浆、成块、过压，再进入烤制阶段。烤制是最重要的一道工序，需用最好的豆酱和高级酱油，加适量的桂皮、小茴香等辅料，在锅里煮沸，然后焖在锅里过夜。到次日早晨再烧沸一次，出锅冷却后，拌刷麻油。这样制出来的香干，色泽黄亮，块形方正，质韧而柔，味咸而鲜爽，闻之清香，食来细腻，色香味皆上乘。

岔路豆腐

打赌打出了新美味

宁海县岔路的豆腐白嫩、细腻、有韧性。到过岔路,吃过岔路豆腐的人都说岔路的豆腐特别鲜、特别香,比其他地方的豆腐都要好吃。这是为什么呢?原来,岔路豆腐除了用本地特产的早豆为原料,采用白溪流域甘洌的地下水加工之外,还采用了与其他地方不一样的凝固方法。

一般地方都采用石膏作为凝固剂来加工豆腐,而岔路一带则用盐卤作为凝固剂来加工豆腐,也就是我们通常所说的"盐卤打豆腐"。为什么岔路一带会用盐卤打豆腐这一独特的加工工艺呢?民间流传着这样一个故事。

传说观音和布袋和尚在得道前,曾结伴去天台山修行。一日,他们来到岔路,见有一户人家的媳妇正在用石磨把泡涨了的早豆磨成浆。婆婆在灶头上用一个布袋把磨出来的浆滤成汁和渣。以前,他俩只见过人家把早豆泡涨煮着吃,或者是把干的豆炒着吃，从没见过像这样磨浆的。于是，他俩就猜起了这早豆磨浆是喝汁，还是吃渣。观音说："喝汁。"布袋和尚说："吃渣。"他俩为喝汁还是吃渣这一问题争了起来。布袋和尚对观音说："要么我们打个赌，你猜对了，我就吃完他们磨出来的豆渣；我猜对了，你就喝他们磨出来的豆汁。"

"好的，赌就赌。"观音爽快地答应了。于是他俩就去问正在磨浆和沥汁的婆媳俩："你们磨豆浆是为了喝豆汁还是吃豆渣？""都是。"婆媳俩告诉他们，"沥出的豆汁烧滚就可以喝，过过馒头、麦饼；剩下的豆渣，切点薄芥菜进去炒炒，吃饭时当下饭。"

这个赌可以说两个人都赢了，也可以说两个人都输了，因为他俩都只说对了一半。于是，他俩按照原先的约定，一个要喝掉全部豆汁，一个要吃掉全部豆渣，还要比谁先吃完。婆媳俩一个燃豆萁煮豆汁，一个烧豆秆炒豆渣。很快，一锅豆汁烧滚，另一锅豆渣也炒好了。

布袋和尚盛了一碗薄芥菜炒豆渣一尝，觉得味道挺鲜美，于是哈哈大笑，大口大口地吃了起来。观音舀了一碗烧滚的豆浆一喝，觉得淡然无味。想想要喝完这一大镬豆汁，实在有点难，不禁紧锁眉头，犯起了愁。

布袋和尚见观音看着这锅里的豆浆发愁，知道她是必输无疑了，于是更加开心了，一边哈哈大笑，一边一碗接一碗地吃着豆渣。结果，真的把一锅炒豆渣吃完了。只见他吃得肚皮圆

鼓鼓的,连身上的衣服都不够大了,他只好解开衣服,露出了肚皮。所以,布袋和尚在修炼成佛后,还是保持了他吃完豆渣时的样子,袒胸露肚,挺着个大肚子哈哈大笑。

观音见布袋和尚赢了,竟看着满锅的豆汁焦急地落下了眼泪。没想到这时奇迹发生了。这眼泪一滴到豆汁里,豆汁就凝成了一块冻,再滴一滴眼泪,再凝成一块冻。观音滴滴答答的眼泪将一锅豆汁都凝成了冻。布袋和尚见观音急哭了,于是动起了恻隐之心,劝说道:"你吃不了就别勉强了,带回去慢慢吃吧。"

婆媳俩见豆汁结了冻,于是找来一只笊篱,在里面垫上一块饭布巾,把豆汁一勺一勺舀到了笊篱里,让观音带走。观音哪里肯带,留下笊篱就走了。过了一会儿,婆媳俩发现笊篱内的豆汁冻成了一块豆腐。用刀切一块一尝,味道鲜美,香气扑鼻。

后来,婆媳俩想让豆汁再结冻成豆腐,但是,上次豆汁结冻主要是眼泪起了作用,哪来那么多眼泪呀?聪明的媳妇想到眼泪是咸的,就从盐罂里倒出一点盐卤滴进豆汁中试试,结果豆汁也结了冻,婆媳俩终于用盐卤打浆做成了豆腐。后来,婆媳俩又把做豆腐的方法告诉乡亲,于是盐卤豆腐很快在岔路一带流行开来。

婆媳俩为了纪念观音和布袋和尚打赌打出了豆腐,就把他俩的像供在家里,每次做成豆腐时,要先切一块放至神像前,并点上三炷香。这一习俗一直流传至今。

乡味解密

盐卤豆腐

盐卤是我国数千年来制作豆腐时用的传统凝固剂。用盐卤做凝固剂制成的豆腐,硬度、弹性和韧性较强。家常制作盐卤豆腐的简要步骤如下:

先将黄豆泡发 8 小时以上,洗净,放入原汁机,加水磨出豆浆,过滤后撇去浮沫,放到干净的锅中边搅拌边烧开。豆浆烧开 5 分钟左右关火,等温度降到 80 到 85 度(如没有温度计,大概关火 4 分钟左右),将卤片和水用 1∶10 的比例化开,倒入豆浆中,用勺子迅速搅拌,等出现絮状物体,盖上盖子焖大概 10 分钟,待水变清即可。接下来将凝结的豆花舀入豆腐模具中压平整,再将提前用水浸湿的纱布盖在豆花上，然后用重物压制2小时以上脱模，时间宜长不宜短，豆腐才能更好地成型。

盐卤豆腐看上去颜色白中略偏黄，质地比较粗，适合煎、炸、酿以及制馅等。其口感偏于绵韧，筋道有嚼头，豆香浓郁，由于含水量较少，吃起来感觉比较硬。

第四辑

闲食小吃

XIANSHI XIAOCHI

缸鸭狗汤团

脱落布衫当押头

宁波小吃名扬天下,宁波汤团更是远近闻名,妇孺皆知。宁波人过年过节有吃汤团的习俗。正月初一早晨,家家户户、男女老少都要吃上一碗汤团,以示团圆、吉祥之意。即使在海外的游子,他们"每逢佳节倍思亲",在新春佳节也忘不了要吃家乡的猪油汤团,以慰思乡之情。

汤团,原名元宵,相传起源于隋朝。公元610年的正月十五(元宵节)晚上,隋炀帝在洛阳搭歌舞台"与民同乐",和老百姓共同庆祝元宵佳节。他还命宫中的厨子做了好些实心的圆子,煮成圆子汤,取团团圆圆之意,并在汤中撒上桂花、白糖,赐给大臣和歌姬作晚点食用。因这天恰好是元宵夜,故赐此点心名为"元宵"。因是御赐,味道又好,一时间百姓争相效仿。后来,这种为人们所喜爱的食品传至宁波,并在民间逐步改进,形成现在水磨糯米粉嵌猪油馅的宁波汤团。

提起汤团，"老宁波"自然会想起"缸鸭狗"。"缸鸭狗"是宁波有名的百年老店，在1926年由宁波人江定法创立，1993年被商务部授予"中华老字号"称号，它也是宁波传统饮食文化不可或缺的代名词。"缸鸭狗"出品的汤团，颗颗饱满，芝麻馅甜而不腻，入口爽滑，口感甚好。"三更四更半夜头，要吃汤团'缸鸭狗'。一碗落肚勿肯走，两碗三碗上瘾头。一摸铜钿还勿够，脱落布衫当押头。"这段不少老宁波人耳熟能详的俗语，说的就是这家百年老字号的风采。从城隍庙街口一家无名的露天小摊，一步一步发展到众人争相品尝的老字号品牌，说起这"缸鸭狗"的来历还有个动人的传说呢！

缸鸭狗汤团店（摄于宁波博物馆）

  从前，在宁波城隍庙，有个摆摊头卖红枣汤和酒酿圆子的人，名叫江阿狗。此人心地善良，孝敬父母，尊老爱幼，助人为乐，时常救济贫苦兄弟，每天起早贪黑，辛辛苦苦做生意，可是一家人总是得不到温饱。

  有一年农历三月初一，宁波西乡高桥梁山伯庙举行庙会。江阿狗为了多赚几个钱，也去赶庙会摆摊头，可是摆了一天仍没多赚几个钱。为此，江阿狗心情烦闷，夜饭吃了老酒，不知不觉就倚着庙墙角睡着了。在睡梦中，忽然听到有人呼唤："江阿狗，江阿狗，你想发财吗？"江阿狗抬头一看，见是一位书生，就问："先生，怎么才能发财呢？"书生说："我请你吃了猪油汤团便知。"接着就命书童给江阿狗送来一碗热气腾腾的猪油汤团。江阿狗醒来，不解其意。次日，他在挑担回家的路上，边走边想，忽然悟出了一个道理：那书生请我吃汤团，分明是在指点我可以卖猪油汤团。于是，他开始卖起猪油汤团来，果然生意好起来。

不久，江阿狗在闹市区开明街口开了一家猪油汤团店。为了招揽顾客，他想做个新奇的招牌，可是自己目不识丁，这咋办呢？想来想去，觉得还是再去梁山伯庙，兴许会受到指点。

这天，江阿狗又来到梁山伯庙，一进庙门，抬头一看：啊！那梁山伯神像同以前给自己托梦的那个书生一模一样。于是，江阿狗"扑通"跪下，口称："恩人呀恩人，受我一拜！"当晚，江阿狗在梁山伯庙住宿，果然在睡梦中又遇见了梁山伯。梁山伯说："江阿狗，江阿狗，你想做招牌吗？"江阿狗忙回答说："对！恩人，请你再帮帮忙吧！"梁山伯说："好！我送你三件礼物。"于是，他用手一指，立即在江阿狗的面前出现了一口水缸、一只鸭和一只狗。"这是何意？"江阿狗刚要问，却一下子醒来了，他左思右想，还是不解。

回家的路上，江阿狗边走边想，忽然，又悟出一个道理：那缸、鸭、狗不就是我江阿狗的名字吗？莫不是恩人指点我以此为招牌？于是，他就请人在招牌上画了一只缸、一只鸭、一只狗，挂在店门前。这个新颖的招牌，立刻引起人们的广泛兴趣并被四处传播，加之江阿狗的汤团制作精细，价廉物美，人们都喜欢吃他做的汤团，他的生意越做越大，一时间远近闻名。

如今，宁波"缸鸭狗"汤团店仍顾客盈门，宁波汤团也驰名国内外。

宁波汤团

宁波人把汤圆叫作汤团,正宗的宁波汤团应该叫作"宁波猪油汤团",是用糯米、黑芝麻、猪油、白糖、桂花等原料制成。

宁波汤团的制作多采用吊浆技法,将糯米制成不干不黏的水磨粉;再将黑芝麻炒熟碾碎,猪板油去膜绞碎加糖制成馅;最后以水磨粉为皮坯,包馅搓圆,制成汤团。煮汤圆时,只需锅中加水烧开,倒入汤团,再改用小火煮熟即可。汤团煮熟后,会浮在水面,捞起汤圆,撒上少量白糖、桂花和红绿丝,一碗宁波汤团就完成了。

宁波汤团皮薄而滑,白如羊脂,油光发亮,具有香、甜、

鲜、滑、糯的特点。咬开皮,油香四溢,糯而不黏,滑润味美,尤其是撒在上面的那层桂花,清香扑鼻,混合着糯米的香味,令人胃口大开。

浆板圆子

软糯香甜的古早味

宁波的冬日，各种美食颇多，浆板圆子就是其中的一种。老宁波人都知道，进入冬至后，宁波的很多节日似乎都绕不开浆板圆子，冬至、除夕、大年初一、正月十五元宵节……但凡冬日里重要的日子，煮上一碗浆板圆子，似乎更添了"年"的味道。

宁波老话所说的"浆板"，其实就是甜酒酿。甜酒酿历史悠久，《说文解字》记载："古者仪狄作酒醪，禹尝之而美，遂疏仪狄。"其中"酒醪"就是甜酒酿。它是一种广泛流行于中国各地的小食，味道甜、有酒味，因地域不同而称谓各异，也叫作"醪糟""江米酒"等。

宁波人把酒酿叫作"浆板"，是因为"浆"跟宁波话"涨"同音，取其"财运高涨""福气高涨"的好彩头。旧时，逢西北风起，新收的稻谷已入仓，丰衣足食的农闲时节里，主妇们便开始搭浆板，就是希望吃了浆板后，来年的收成越来越好，往后的日子

"涨"起来,越过越好。

在宁波,人们最喜欢的应该是把浆板和圆子一起煮着吃,所以浆板圆子这道甜点总是会出现在宁波各大餐饮店的菜单中。酒足饭饱之后,再吃上一碗软糯香甜的浆板圆子,即使外头北风凛冽,那一碗浆板圆子也足够温暖人的全身。

宁波人对于浆板的喜爱,可以说上至老人,下至儿童,无一不对其交口称赞。那冷幽幽、甜滋滋、醉兮兮的口感,让人吃了一口就想再多吃上几口。宁波人常把浆板和汤团一起煮,汤团快熟时放浆板和糖,就是大年初一的早餐。在宁波的不少地方,毛脚女婿上门,丈母娘就会端出一碗浆板桂圆蛋。吃到这碗浆板蛋,就说明丈母娘对这个新女婿是相当满意的。在宁波的婚宴上,也会上一道甜羹,这道甜羹往往也是浆板圆子。把浆板打散,放入新鲜荸荠、水果罐头等,出锅前倒入打散的鸡蛋液,放点糖桂花,这是喜宴上必备的甜羹。另外,在冬至那天,浆板汤果是宁波人必尝的食物,寓意团圆长久。

二十世纪八九十年代,在宁波不少地方还能看到骑着三轮车的小贩卖浆板的场景:一个脸盆里装着白白的浆板,谁想买就切走一块。后来,这样的场景越来越少见,想吃浆板圆子时,只能从超市买盒装的、碗装的甜酒酿代替,但煮出来的味道总跟老底子的味道相去甚远。

做浆板,白药是关键。做白药要用到一种植物——红蓼,因为有辣味,也叫辣蓼。它的背后还有个动人的传说呢。

从前,江南小城里有个汤员外,四十开外就开始吃素,平时特别爱吃糯米做的食物。一大群丫头女仆中,只有叫蓝蓼的丫头做的饭菜最合汤员外的胃口。因此,汤员外的饭菜,指定要蓝蓼烧煮。

一天,蓝蓼做菜时,一不小心将手指切破了,鲜血刚好滴在糯米饭里。她慌慌张张地将饭盛起,用碗一盖,放在羹橱角落里。

过了两天,汤员外叫蓝蓼烧煮食物,来到了灶间,一进屋就嗅到一股扑鼻的香气,就问蓝蓼:"刚才你烧过什么,为啥这般香?"汤员外边问边走到羹橱边,打开羹橱,端出用碗盖着的糯米饭。蓝蓼慌了,赶忙跪下,把前天切菜不慎,血滴入饭内的事说了一遍。员外听说是糯米饭,忙撩起尝了一尝:"好香好甜!"汤员外非但没有责骂她,还赞不绝口:"好吃!好吃!"一下子就吃完了。

自那以后,蓝蓼常常做这样的糯米饭给员外吃。时间一长,汤员外也吃得上了瘾头。

后来,蓝蓼因病去世,汤员外像对待亲生女儿一样,厚葬了她。第二年春天,蓝蓼的坟头长出了一棵奇异的草,轮生的叶片中有暗红的颜色。夏末秋初,草上结出了许多红白色的籽,尝起来有点辣味。汤员外想:它难道是蓝蓼变的?就把它取名为"辣蓼"。

秋后,汤员外将籽采回,晒干后珍藏起来。某天,他放了一些辣蓼籽在糯米饭上,过了两天,糯米饭真的变得又香又甜了。因为这饭香甜可口,又有酒的味道,同时为纪念蓝蓼,汤员外就把它叫作"甜酒娘"。后人根据谐音,把它称为"甜酒酿"。

从此,人们做黄酒、白酒、甜酒酿的白药中,一定要放些辣蓼。

乡味解密

浆板圆子

浆板圆子是宁波人钟爱的一道家常特色甜点,它以糯米圆子、甜酒酿、干桂花为主要原料,做法大致如下:

先将糯米粉用温水和成面团后,搓成长细条,再搓成一个个糯米小圆子备用。锅里放适量清水,等水开后放入糯米圆子。待糯米圆子浮起后加些冷水,再煮开浮起后,可放入甜酒酿,轻轻搅碎酒酿。煮至糯米小圆子软糯,酒酿香溢时,撒上些干桂花即可食用。

浆板圆子做法简单,圆子色泽洁白,具有清香可口、软糯爽滑的特点。

灰汁团

儿时记忆里的清香

灰汁团是宁波人最爱吃的老底子小食之一，对不少"老宁波"来说，吃着灰汁团总会想起小时候的时光，那个一年到头也吃不到几次的茶色小点，那段央求父母再去买一些的难忘岁月，那股留在记忆里的清香口味。不管如今做出来的灰汁团有多好吃，和过去的有多相似，却总也找不回当年的味道了。

在宁波民间，每到"七月半"前后，家家户户都会做羹饭，祭祀祖先，这其中有一道必不可少的点心就是灰汁团。其意是收获劳动成果后，不忘孝敬祖宗，让祖宗尝尝新早米。选择在端午后到中秋这段时间做灰汁团，一来因为这时正值割早稻，将新米做成点心，尝尝稻米的味道；二来正值"七月半"前后，家家户户要祭祖，灰汁团作为祭祖点心正合时宜。另外，这段时间的灰汁团最好吃，国庆过后，天气偏冷，灰汁团容易发硬，口感也会变差。

在宁波一些地区,历来有女婿在重阳节送岳父岳母"望节担"的习俗,那圆圆的灰汁团是不可缺少的"担品"之一。鸡蛋大小的灰汁团,像果冻一样,掂在手里水水的、颤悠悠的,像掂着件工艺品;吃起来清凉爽滑,不黏牙。在夏天,吃上这么一颗,就跟吃一根冰棍一样解暑。

民间相传,此习约起于明朝中期,具体的时间已难考证。关于灰汁团的来历有这么一个传说。

明嘉靖年间,戚家军在北仑算山至居子碶一带布防抗倭,当地居民拿出灰汁团来慰劳。官兵初以为是鸡蛋,吃的时候不用剥壳,表面还有一层薄薄的皮,柔软可口,又不易硬化,可随时充饥,大家对这个食物是赞不绝口。后来,戚家军还向民间大量收购灰汁团,充作军粮。

关于灰汁团的做法,在宁波江北慈城一带也流传着另外一个民间故事。旧时,当地人通常用灰汁水洗衣服。因为灰汁水中含有一定的碱,有去污能力,所以寻常人家都会把灰汁水装在一个水缸中,放在家里灶间。

慈城三板桥一带住着一家三口,父慈子孝家庭和睦。谁知有一年闹瘟疫,父亲在瘟疫中死去,母亲也因为过度伤心而哭瞎了双眼。家中因为缺少了顶梁柱,家境一落千丈。幸好儿子很好,不仅对母亲十分孝顺,读书也非常用功。

儿子稍大一些以后,就去镇上的私塾念书,平时回家的次数也少了许多。为了尽可能地方便母亲生活,他每次去镇上念书前,都要将家里的水缸添满。母亲虽然双目失明,但在好心的街坊邻居的帮衬下,勉强也能维持生计。

有一年,正值早稻收割时节,在镇上念书的儿子思念母亲,赶了几十里山路回家看望母亲。儿子回来,母亲非常高兴,心想:儿子赶了那么多的山路来看我,肚子一定饿了,我要做点好吃的给他。想到这里,她拿了一些刚刚收下的早稻米,摸着到石磨间磨了几斤米粉。虽说眼睛看不见,但是母亲的手脚依旧灵便,米粉磨得很细。磨完米粉之后,她从厨房的小水缸里舀了点水拌米粉,又往里加了一点黄糖。没多长时间,她就裹好了几十个米团,并在灶上蒸了起来。待到米团快蒸熟时,蒸笼里竟然散发出特别的香味。母亲心中纳闷,心想自己过去眼睛好的时候,做各种各样的米团也没有这么香,今天究竟是怎么了?一定是菩萨显灵了!

这奇特的香味不仅引来了儿子,左邻右舍也闻香而来。大家迫不及待地打开蒸笼,品尝这香味独特的米糕。一尝,都觉得非常可口。儿子细查之下,终于发现了其中的奥妙:家里灶间放着两只水缸,一只盛水,一只盛灰汁水,而双目失明的母亲误把盛灰汁水的水缸当成盛清水的水缸,用灰汁水和了面,阴差阳错地做出了灰汁团。

这样,一传十、十传百,灰汁团的做法也渐渐地流传开来。

乡味解密

灰汁团

传统的灰汁团必得用早稻米,将米浸泡两三个小时,然后磨成粉末。过去没有机器,人们用的是石磨,效率低,现在大部分人用的是机器,没几分钟就能磨好。磨好的米粉是米浆状的,跟年糕粉、汤果粉差不多。

早稻米磨成米浆后,需要调入最为重要的食材——食用碱水。过去,在没有碱水的年代,聪明的宁波人找到了另外一种替代食材——草灰汁。早稻收割完毕,黄澄澄的稻谷被运到晒谷场晾晒,剩下一束束的稻草则整齐地被晾晒在田间地头。恰恰是那一捆捆最不起眼的稻草,成就了一道宁波古早味的点心。人们把晒干的稻草烧成灰,待水烧开后,把稻草灰畚出,用开水淋灰,取其汁水,沉淀过滤后即成"灰汁",而这也是"灰汁团"名字的由来。

灰汁与米浆混合后加入黄糖拌匀,然后倒进尺八镬

里，用文火烧，不断用铲子搅拌翻炒的同时，按照成色加入适当比例的黄糖和灰汁水，待水磨粉煮到八成熟结成团，表面略微黄时，就可以出锅了。

麦饼

山里人妈妈的味道

麦饼，民间也称"上路麦饼"，是宁海当地的一种特色小吃。宁海依山傍海，除了山珍、海鲜，还盛产稻米、麦子。虽说南方以米为主食，但在宁海黄坛、前童、岔路、桑洲等山区，大部分小吃是用小麦粉做成。麦饼就是用小麦粉和水成面，里面裹馅，擂成薄薄的圆饼放在锅上摊熟的点心，拎起即食，酥松可口，清香扑鼻，很有嚼劲。

旧时宁海当地风俗，每年夏天麦收后，家家摊麦饼当中饭，剩下的做点心，吃了中饭再带点心去田间劳动。每逢男人出远门做工、经商、读书，妻子、母亲就会起早摊麦饼，让其在路途中当点心。时光荏苒，社会不断地发展变迁，而麦饼在宁海人眼里却一直没有变味。

在宁海，麦饼被冠以"霞客麦饼"的称号，这里有着徐霞客与宁海的一段渊源。

400多年前,徐霞客游历天下时,从浙江宁海出发。徐霞客自宁海县城出西门后,一路行一路嬉,行走了三十里,来到了一座大山脚下。此山层峦叠翠,群峰耸秀,别有意蕴。徐霞客歇脚时,从路人口中了解到此山名叫"梁皇"。徐霞客对"梁皇"这一地名甚是好奇。经路人解释,他才了解原来是因南北朝梁王子为避乱在此地隐居过而得名。从路人口中他还得知,此地还有个名闻遐迩的梁皇寺。于是,徐霞客决定到梁皇山和梁皇寺去看一看、游一游。

不一会儿,徐霞客就来到了梁皇驿站,看见几个妇女正在当街擂麦饼、贴麦饼,一只只圆圆的熟麦饼香味四溢。此时的徐霞客已走得筋疲力尽了,肚子正饿得慌。做麦饼的妇女热情地向他招呼:"先生,麦饼要吃勿?"徐霞客立即回答:"好啊,正饿着呢。"于是,他就拿起一个麦饼大口吃了起来。尽管麦饼很烫,他还是一下子就吃完了两个。

这麦饼实在太好吃了,徐霞客觉得自娘胎出来后,就没有吃过这么香的饼。他对此赞不绝口,向做麦饼的妇女仔细打听美味的奥秘。那个妇女向他细说起来。原来"梁皇"地处白溪流域,地多田少,麦多粮少,故用麦子做的食物较多。每当新麦上市后,家家户户都要做麦饼、贴麦饼,男人到田间去劳动,总要带些麦饼当干粮。出门打工、做生意的,或外出求学的,也都爱带上麦饼,途中肚子饿了,就吃点饼充充饥、添点力。因此贴麦饼、吃麦饼自然成了这一带百姓的日常。

第四辑 闲食小吃

徐霞客听了妇女的一番话，觉得这麦饼真是个好东西，既可当正餐又可当点心，这不正是自己需要的食物吗？于是，他请求妇女们多做点麦饼，以便于自己随身带上当干粮。好客的梁皇街妇女自然很乐意，便争先恐后地抢着去擂、去贴。因为原来的麦饼较厚，凉了就不太能咬得动，徐霞客又要求她们尽量做得薄一点，贴得熟一点。心灵手巧的妇女们改良了做法，把麦饼做得又薄又脆又香。第二天，徐霞客出门时，行囊里便装了许多麦饼，继续他漫长的旅途。

自此，梁皇一带村民就把徐霞客爱吃的这种麦饼称为"霞客麦饼"，以纪念这位旅行家。

乡味解密

宁海麦饼

宁海麦饼有400多年的历史，发展到现在，品种很多，风味各异：淡麦饼是用来裹小菜吃的；咸麦饼用虾皮、葱或大蒜作馅料；甜麦饼用砂糖、芝麻、猪油作馅料，有人还喜欢加一点海苔，使甜中有咸，更能解腻。

制作麦饼时，先做好麦饼的馅，可以放拧干的霉干菜或咸菜，切好肥肉丁，加入盐和味精一起拌匀。再和面团，和面时在面粉里加少许水，放个鸡蛋吃起来会更酥香。随后把面团捏成碗状，放入事先准备好的馅，再把面团捏拢，在面板上用擀面杖把馒头状的面团擀平,擀成盘状,并且擀得越薄越好,但不能露馅,这样,麦饼坯就做成了。

第二道工序是烹制麦饼。烹制麦饼要掌握火候,一般在大铁镬里完成这道工序。把麦饼坯贴在锅上,等麦饼的皮有点焦黄,翻个面再烙,待另一面也变焦黄后,再把麦饼拿出来。在铁镬里放一个麦饼阁(土制,弧形的工具),把烙好的麦饼放在四周,盖上铁镬盖,烧三次柴草,连续翻三次,麦饼就熟了。(注:用柴火烘烤的麦饼最好。)掀开铁镬盖,一股香味扑鼻而来,馋得人口水都要流下来。烹制过程中,烧火也是很有学问的,一般在锅灶洞两边烧,不然麦饼很容易烙焦。

萝卜团

舌尖上的"团圆味"

俗话说得好:"靠山吃山,靠海吃海。"象山位于宁波东部,水广、山多、地少,是著名的渔乡和渔港。象山人吃海鲜是顺理成章的事。但是,就跟吃多了肉会腻一样,天天吃海鲜,自然也厌倦了,慢慢地便想尝鲜。可是又不想彻底改变口味,于是,满满海味的象山萝卜团便诞生了。

不来宁波,不知道有象山;不到象山,不知有萝卜团;品着萝卜团,据说有象山的味道;窥过象山的味道,更知江浙的富饶和韵味。在外乡人看来,萝卜团既是菜,又是饭,更是一道风味独特的地方点心。去象山一定要来份萝卜团尝尝,既可作主食填饱肚子,又能一品这别具大海风味的乡土美食。

象山人对萝卜团的感情,恐怕跟海鲜有得一比。可以说,每一个象山人都是吃着萝卜团长大的。对老底子象山人来说,最特别的年味莫过于萝卜团,鲜香软糯的口感蕴藏着家的味道和温馨。每逢过年,象山半岛几乎家家户户都会做萝卜团,随时可以拿出来招待客人,蒸热即可上桌,讨个团团圆圆的好彩头。

腊月廿四是象山老百姓特有的节日,在这一天有做萝卜团的习俗。旧时,一是为了请灶神菩萨,二是为了感谢长工一年的辛勤劳作。这一习俗主要流布于爵溪街道一带。据说,旧时长工回家过年前,为雇主捣好过年的年糕和做好各种点心后,会留下粉头,以示来年还有奔头。雇主们也选择在这一天,以赠吃萝卜团来感谢长工一年的辛勤劳作,这也包含着相互之间图吉利的意思。

新中国成立后,长工这一身份虽已不复存在,但腊月廿四吃萝卜团的习俗却在民间传了下来。据说,腊月廿四是传说中新

旧灶神"换岗接班"之时，做好萝卜团蒸熟后得先放在灶头上。灶王爷是玉皇大帝封的"九天东厨司命灶府君"，负责管理各家的灶火，因此被人们看作一家的保护神。每年的腊月廿四，灶王爷都要升天向玉皇大帝汇报每一户人家的灶火情况，玉皇大帝则根据灶王爷的汇报情况来预测这一户人家来年的吉凶祸福。所以，在灶王爷升天之时，民间家家户户都要"送灶"。

据传，萝卜团的由来还有一个故事。它最早是象山一户人家的媳妇创制的。从前，象山港畔的祖先们大多数以耕作为生。有一户人家兄弟共5人，老大和老二买了一只木帆船专门做毛竹、苎麻生意。老大特别聪明能干，在某年初冬时节发现了一株很有灵气的水稻。他只知道夏季有早稻，难道冬季也有晚稻不成？他把这株比较矮小的晚稻带回了家，交给了手脚勤快的巧媳妇栽培。

这年冬日，出门近一年的老大、老二哥俩回来了，一家子团圆，兄弟几个抱作一团，开心至极。家里的巧媳妇和往年一样做了一桌团圆饭，祝贺丈夫和兄弟们欢聚一堂。她说，今年好收成，都是新粮食。她巧妙地在面团内放了萝卜丝、冬笋、牡蛎、海鸭蛋等馅料，做成了萝卜团捧了出来。

一旁的小叔叫了起来："什么东西这么香啊！肯定是好东西。"大家一尝，好个萝卜团，味道鲜美无比，口感滑糯，就算是神仙尝了也难忘啊。老二说："真应景，真是辛苦嫂嫂了！"

那时的萝卜、晚米、冬笋、牡蛎统统刚上市，那就是新粮食，也叫"得时货"。经过巧媳妇的蒸制,这种萝卜团既有新鲜的米香,又有馅料的香味,色泽光亮、口感细腻、香甜可口、营养丰富。那位长嫂真是用心良苦啊!意思就是希望一家人能够永远像今天这样团团圆圆、平平安安地欢聚一堂。

从此以后,每年初冬的这一天就成了个做萝卜团、喝米酒的节日了。

乡味解密

萝卜团

萝卜团是象山十大名吃之一,家常制作一般以新上市的象山白萝卜、糯米粉、粳米粉为主料,配以新采的牡蛎(或别的海鲜,如虾干)、香干、冬笋(或别的应时菜蔬)、葱、姜、猪油、盐等辅料。

制作萝卜团要先把萝卜切丝,用水焯一下,捞出。再在清水中浸泡1小时后捞出,沥干水分,待用。在锅中放入猪油,将葱、姜末放入锅里炒出香味,再放入萝卜丝和其他配料稍炒,调味后装盆。将粳米、糯米粉(必须按一定比例)拌匀,用90度以上的开水把粉调成面团,挤成一个个适当大小的面饼,然后把炒制的菜馅包入面饼中。最后上蒸笼蒸15分钟左右,就可上桌待客了。

萝卜团色泽光亮,鲜香可口,既有萝卜的脆嫩、冬笋的清甜,又有牡蛎等海鲜的浓鲜,手工米面皮糯香韧滑,口感奇特,吃着踏实,别具一格。

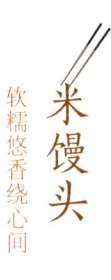

米馒头
软糯悠香绕心间

馒头作为中国传统的面食之一,是人们最常见的一道小吃。它既能屈身于街市,成为平民百姓口中的小吃,也能登上大雅之堂,成为高档宴席中常备的一道主食。在宁波城乡,米馒头是最具特色的家常小吃之一,凭借其悠久的制作历史和良好的口味深受老百姓的喜爱。

"米馒头",顾名思义不是用面粉做的,而是米粉做的,比起馒头要松软很多。它是用早稻米磨出的湿米粉经过发酵后蒸制的圆形无馅食品,也称白馒头。宁波话"馒"与"满"音相同,以"米满头"讨口彩,像锦缎一样雪白的圆形的米馒头象征满月。宁波地区多稻米,人们又喜欢追求"满"和"发"。因此,每逢过年过节,家家户户都喜欢自己制作或者买来米馒头,用以供奉祖先。

吃米馒头曾经是宁波重要的习俗。在许多"老宁波"眼里,

米馒头是逢年过节祭祖,或是家有喜事时的"望娘盘"。"望娘盘"就是大号的米馒头。宁波人结婚时,女婿都要挑"望娘盘"上门给丈母娘。丈母娘把"望娘盘"分给邻里亲友,告诉他们女儿虽出嫁了,但会时常回家看望母亲的。这个习俗一直延续到现在。

宁波的米馒头流行于象山、奉化、鄞州等地,尤以象山最为出名。很多外地食客第一次吃到就无不赞叹其独特的口味,好客的象山人民也经常以此为馈赠佳品。象山米馒头长相酷似铜锣烧,经过酶的作用,如同海绵般柔韧、棉花般洁白,一口咬下去,满口软糯、清甜,鼻尖还会萦绕一股清新幽香的酒酿味儿,让人爱不释口。

象山米馒头常常两个"背靠背"合在一起,在婚宴上也常用米馒头代表甜蜜长久。象山米馒头于2008年被列入宁波市第二批非物质文化遗产名录。2017年,它被评为"浙江十大农家

特色小吃"。

象山米馒头的历史可追溯到南宋。据《浙江通志》和《鄞县通志》所载,是宋孝宗的恩师史浩为母亲所特制的。

据传,史浩的母亲洪氏信奉观音,每年都要赴普陀山敬香拜佛,后双目失明。史浩怕母亲渡海有风险,即在东钱湖霞屿小岛上方似普陀山的潮音洞建造观音庙,让母亲来礼佛,就似登上"南海佛国"普陀山一样。"小普陀"建造完工后,观音大士开光的供品不能为鱼肉等荤腥食品,所以只用米磨成粉后制成的米团来供奉。开光过后,史浩将观音大士的供品献给洪氏太君品尝,希望能延年益寿。洪氏太君吃了一口,硬是咽不下去,叹口气说无福消受菩萨的佛团了。聪明的厨师竟想出一个办法:将米粉加放白药,置于温室发酵,拌入白糖。如此,米团蒸熟后呈馒头状,故称"米馒头"。后来,又在米馒头中间印上一个"寿"字红印,表示吃了能长寿。洪氏太君品尝后,颇喜欢这清香软糯的点心,赞不绝口。

史浩献上的米馒头得到了母亲的欢心，之后，他将米馒头带到京都临安（今杭州市），给宋孝宗品尝家乡创制的独特新食品。从此，米馒头成了民间传统的吉利点心，一般用于供佛、敬神、祭祖、庆生、小孩周岁、婚嫁、时令节日、请客送礼。

南宋淳祐八年（1248），史余孙自宁波东钱湖迁入象山九顷村。那时候，祖辈史浩等虽已相继过世，但是史家子孙不忘祖制，还保留着老祖宗的习俗。在九顷村，每年还是按老规矩用米馒头祭祖。

每年农历十月十三是师仲生日，九顷、冷水潭、巴龙头等地的史家后代都要做"米馒头"祭祖。60岁以上的男子可以到祠堂里吃馒头，16岁以下的男孩每人可以分到2个，女孩分到1个，700多年来从未间断。

乡味解密

米馒头

象山米馒头柔如海绵，白如棉花，酸甜可口，冷热食用皆可，又不伤胃，是居家、旅行的最佳食品。它的制作方法一般如下。

将新鲜粳米与糯米按10∶1比例相配，洗3遍后在水中浸泡一个晚上，再用清水冲洗一下，然后用石磨（后用机器）磨成米浆。将米浆搅匀后加白糖让其自然发酵，再用铜调羹一勺一勺舀起，均匀地倒在蒸笼内铺有湿布的羹架上，最后把蒸笼放在镬里蒸。米馒头出笼，加盖红印即可祭祀和食用。

象山米馒头用料就是白糖、大米、水，绝对不添加任何人工色素等食品添加剂。因为是经自然发酵，所以特别适合有胃病的人吃，能养胃，且营养丰富。

长面

手工传承的百年风味

长面是一种面食。我国甘肃、福建等地面点中都有长面,但宁波的长面无论在制作工艺或文化内涵方面都别具特色。长面是"老宁波"最中意的一种面食,细如发丝,长至4米。妇女坐月子、老人做寿必吃此面。

宁波长面按其形状命名,也可称为"细面",寓意其制作过程全程精细,但为讨口彩"长命百岁""长长远远",还是约定俗成称"长面"。又细又长的面条晾干后,收拢时两筷为一束,称作"一绞",又称"束面"。因为食用时多采用红糖汤水入口,所以长面还叫"糖面"。

宁波民间保留至今的产妇吃长面、老人做寿吃长面的传统是有科学依据的。宁波长面具有细、白、韧、滑的特点,口感好,易消化。产妇吃了可增食欲,利奶水。宁波不少地方还流传着"长长细细,束束缟缟,糖糖甜甜,补补身体"的俗语。

镇海庄市产的长面,是宁波闻名的特产,以其制作精细和独特的咸甜风味而著称。最红火时,庄市范围内的大小商店和宁波的一些大南货店都有售卖。现今鄞东五乡碶、城西高桥等地产的长面,也有一定名气。

庄市长面创始于何时,准确年代已无从查考,目前可考证的是在距今100多年的清朝末年。那时,庄市曾有一位制面艺人庄天成,现有印刻着其名字的制面工具尚遗留在世。民国期间,宁波最为有名的"老裕和新记"长面,驰誉沪杭甬。随着"宁波帮"外出奋斗创业,庄市长面也被带到了上海、武汉、香港等地,当时在上海比较出名的庄市长面店就有"上海三阳""邵万生""天福"三家老字号,店址都位于最繁华的南京路附近(现已无存)。

庄市长面的由来,还有一个传说呢。

据说在清朝时,有姓张的小两口逃婚来到庄市安家,男做面,女织布,相敬相爱地过着日子。

3年后,妻子做产了,因身体虚弱,胃口不好,对饭食米粥都不感兴趣。丈夫愁坏了,特地烧了碗甜甜的切面给她吃。可她仅尝了尝味就推开了碗。丈夫问:"不好吃?"她点点头说:"嗯!又粗又涩,没味道。""那你要吃什么呢?""唉!"女的叹了口气说,"要是这面又细又滑,又甜又咸,吃了肚子又不会难受就好了。"

丈夫一想,对呀,生过孩子的人身体弱,再给她吃粗硬的饭食,能受得了吗?更何况婴儿又要吃奶,产妇胃口不好,奶水就少,孩子也不会健康的。于是,他琢磨开了。

丈夫虽是做面师傅,但以往做的都是短短的切面,要做出妻子所要求的那种面来,可并非易事。他试了几次,都没成功。这天,他路过烧饼店,看到烧饼师傅一边揉面,一边往面粉团里放卤和油,一会儿又将粉团揉平、切开,再双手一扯,就成了根细长的油条坯。他很受启发,回家一试,嘿,蛮灵!但是,这样一条条扯成面,不仅长短不一、粗细不同,而且太费工夫。有什么办法可以解决呢?

"轰隆隆隆",突然一场雷雨降临了。他妻子在房里叫:"你快去看看布机房里漏水没有。"等他奔进布机房,一道耀眼的闪电将布机上的白纱照得雪亮雪亮。"有了,有了!"他兴奋得大喊起来。妻子目瞪口呆,以为他中了什么邪。

雷止雨息,他忙找来木匠,依照布机上的进纱架和压力棒做成了一副架子。然后和面,拉成长条粘在架上,并逐渐用力往下压,那面粉条就变成了齐刷刷的、粗细均匀的面条。晒在太阳下,远远看去,犹似一道玉帘。面条晒干后,又韧又柔,白似银丝。他将面条煮熟后给妻子吃,妻子满口叫好,连吃了两大碗还嫌不够呢。孩子满月那天,小两口煮了一大锅长面请邻居们尝尝味道。大家一尝,都惊奇地赞道:"好吃,好吃!"就这样一传十,十传百,庄市张家长面的名气就传开了。

乡味解密

宁波长面

宁波长面属于纯手工制作产品,制作过程繁杂,又十分讲究。别处的长面是用擀面杖擀好之后切成一条条,或是手拉而成;宁波长面则是把面和好后挂在架子上,再用筷子拉到长约6尺,所以把宁波长面说成拉面一点也不过分。

宁波长面选用精白面粉、植物油、食盐等原料,经过揉粉、闷缸、搓粗条、搓细条、盘缸、闷箱、上架、拉长、分面、晒面、收面等多道工序而成。宁波长面具有细、白、韧、滑的特点,口感好,极易消化。

宁波长面的煮法很讲究。先将长面放在热水中稍煮,然后用冷水一冲,最好用手捏一下,放在筲箕里候用,这个

过程叫"拔汤"。"拔汤"的作用有两个：一是把长面内的盐分去掉；二是清洗，因为长面拉好后一定要露天晾晒，有时就晾在路边、道地等处，难免沾上灰尘，所以一定要"拔汤"。"拔汤"后，需食用时，在滚水中放进红糖和备用的长面，稍煮，再捞到碗中，即可食用。产妇常用赤砂糖煮面，赤砂糖除可以提供热量外，还含有微量元素，如铁和其他矿物质等，且性温味甘，具有益气、缓中、化食、健脾暖胃、补血破瘀之功效。妇女产后体内的毒素尚未排尽，吃了赤砂糖，有助于顺利排出秽物。

油赞子

香脆中嚼出幸福感

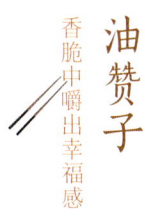

宋代大文豪苏轼曾在《寒具诗》中写道:"纤手搓成玉数寻,碧油煎出嫩黄深。夜来春睡无轻重,压扁佳人缠臂金。"没错,苏东坡写诗赞誉的就是我们常吃的麻花,而在宁波人口中却叫油赞子。一根根油而不腻、香脆可口、亦甜亦咸的油赞子,长久活跃于宁波人的味蕾之上,是平日里休闲的美味,也是家中款待亲友的绝佳小食。

油赞子,炸制而成,因形似簪子,在宁波方言里被称为"油簪子",后演化为"油赞子"。也有说是从"油蘸子"演化来的,与油徼子并为一类。老宁波油赞子源于清光绪年间,距今已有100多年历史,属纯手工制作传统休闲食品。

老底子的宁波油赞子不同于天津大麻花的个儿大、酥软,亦不同于重庆小麻花的精致小巧、口味繁杂。宁波油赞子分为两种口味——咸味和甜味,其中咸味油赞子配方独特,选料上乘。宁波因地理位置优越,所以有着优良上乘的原配料——海苔。宁波咸味油赞子所用海苔条粉是由中国最大原生态海苔基地——宁波奉化莼湖海苔基地所提供的纯天然原生态的海苔条粉,由此做出来的油赞子颜色为淡淡的墨绿色,甚是好看,吃起来也是口感细腻,甚至还有养颜美容的功效。因此海苔条咸味油赞子为宁波一绝。

宁波油赞子的美味,得益于面粉的香味与油香融合在一起。在热油中倒入搓好的油赞子坯,待锅中的油赞子表面显出金黄,气泡减少,面粉的香味和热油的香味被锅中的温度所蒸腾,再将熟透的油赞子从锅中捞出一根,咬一口,脆香无比。油赞子的脆自然是"松脆"的脆,松是前提,脆是后续。轻咬即碎,不费力,还不黏牙。一口一口咬下去,那声音就像小鹿踩过初雪地,清脆,悦耳,单单听声音就还想要多吃几根。一连吃五六根,都不会让人觉得油腻、反感。回味时,麦香、油香、糖香交织着,淡而不散。因为油赞子松脆,连牙口不好的老年人也可食用。

和许多美食一样,在宁波被称为"油赞子"的麻花,也有着非比寻常的故事。

相传在明末的时候,江南一个小镇毒蝎横行,祸害百姓。被毒蝎蛰伤的人大约有半数都不治而亡。人们为了诅咒毒蝎,在农历二月初二这天,家家户户就把和好的面拉成长条,并扭成毒蝎尾巴的形状,油炸后再吃掉,称之为"咬蝎尾"。久而久之,

这种"蝎尾"就演变成了现在的麻花。所以在以前,麻花又有吉祥如意、康泰平安的美好寓意。

到了清朝光绪二十八年(1902),慈禧太后和光绪皇帝在由西安回京城的途中,第一次品尝了麻花,尝后便对麻花赞不绝口,称其香、脆、酥,遂赐为贡品。这样,麻花的身价一夜之间扶摇而上。因其制作配方由创始者口传心授,不对外公布,寻常百姓也只能在喜庆婚宴、重大节日时偶尔品尝一下。

在物资匮乏的年代,油赞子并不常见,是只有在过年的时候才能吃到的美味。一般人家会在农闲时节自制一些油赞子,装在"火油箱"内,给远去外地打工的儿女们带上,而父母自己,对着那堆少得可怜的油赞子,却只是闻闻味道,一根都舍不得吃。现在,随着生活条件的改善,物资也越来越丰富,从前大家稀罕的油赞子也变得平常起来,想吃就能吃到。

小小油赞子,见证着宁波人生活品质的提升。

乡味解密

油赞子

油赞子的制作一般分为面粉发酵、切成小条、搓成小麻花、入油锅炸四步。

首先将面粉倒入事先准备好的面板上,加入白糖,打入蛋清,倒入称好重量的小苏打、食用油,再加上一些水。搅拌后,如雪般白净的面粉逐渐变成黄颜色的面团,再不断揉捏,让面团中的各种原料充分融合。等面团呈表面光滑、富有弹性的状态时,揉面这道程序基本上就大功告成了。

而后,将面团放置一旁醒发 0.5 小时至 1 小时。待面团醒好后,将其切成条状,放在面板上揉搓成粗"面条"般

大小，再将左右两端靠拢，交相重叠编织成俗称的"麻花辫"，然后将一端"面条"扣压在另一端上，油赞子的雏形就出来了。

接下来，往热锅中倒入大半锅冷油，将油温烧至60—70摄氏度，再将搓好的小麻花下锅油炸。油赞子在油中上下翻滚时，要用筷子不停地翻动，让其受热均匀。油赞子刚下油锅时，热油表面会产生大量气泡，而当油赞子熟透时，油锅里的气泡便会慢慢减少，且会从大气泡变成小气泡，此时捞出油赞子正合适。将从锅中打捞起来的油赞子放到一旁冷却，阵阵香气扑鼻而来，待其凉透，拿一根放入口中，那脆香口感简直难以形容。

奉化千层饼

传承百年的"天下第一饼"

奉化有三宝,千层饼、芋艿头、水蜜桃。芋艿头和水蜜桃作为农产品,主要得益于奉化的好山好水,而千层饼则完全是靠着传统手工艺才成为久盛不衰的特色美食。小小的奉化千层饼可是有着"天下第一饼"的霸气称号哦!千层饼创始于清乾隆年间,距今已有200多年历史。说起它的由来,还有个故事呢。

很久以前,在奉化西北部的雪窦山上住着一只九头鸟,鸟首人身,生性凶恶,以食人为生。也不知这妖畜是从哪里来的,道行十分高,山下部落曾组织多次围剿,都以大败告终,为此族人都十分害怕,谈"鸟"色变。

族长知道人斗不过妖,这样下去怕有灭族之灾,只有带着族人逃出这里才能逃此一难。但是离开这里后去哪里安生呢?别说要族人离开这方生他们养他们的土地,到了他乡异地后要重新开始,他们在心理上接受不了,就是举族搬迁这么大的动

静,九头鸟知道后,能任由他们走脱吗?

就在族长左右为难的时候,一位叫王龙的青年找上门来,表示愿上山去降妖除魔,为部落清除这个祸害。族长看这年轻人长得虽精壮,但不过二十几岁,怕他年轻气盛,逞一时之勇伤了性命,就回绝了他。王龙笑道:"我自小在蓬莱仙岛习武,今闻家乡有妖孽为祸,特意赶来降妖。那扁毛畜生伤不了我性命,族长不必担心。"族长听说他是从仙岛而来,便答应了,当日召集部落族人设宴款待,以示谢意。

第二天,王龙背插一对板斧,迎着晨曦往雪窦山而去。刚走到村口,却见所有族人在村口列队候着。族长走到王龙跟前,把手里的一个包袱交到王龙手里说:"这里面是面饼,每户一张,是乡亲们的一点心意,你就收下吧。那九头鸟非常厉害,降它非一日两日的事情,到了山上之后用得着。"部落里有千余户人家,千张饼,千份心。王龙接过沉甸甸的包袱,很受感动,朝着众族人大声说:"请乡亲们放心,王龙若不能为你们降妖伏魔,誓不回来!"

晌午时分,王龙到了雪窦山,找到了九头鸟的洞府,见洞门紧闭,心想这畜生可能正睡午觉呢,便从背后取出板斧,厉喝一声,把斧子一挥,"轰"的一声,石屑横飞,洞门应声而倒。里面的九头鸟正酣睡,被惊醒后十分恼怒,跑出洞来大骂:"哪个不长眼的敢到这里来撒野!"王龙喊声:"孽畜,你死期到了!"他舞动板斧,往九头鸟招呼上去。九头鸟有千年修为,一看便知王龙手上这对板斧不是凡物,轻易触碰不得,便不敢硬接,只与其游斗。王龙料知九头鸟不敢碰他的神斧,也就越发舞得起劲,两柄板斧,大开大合。说也奇怪,虽说九头鸟在王龙的板斧进逼下步步后退,但一直斗到月上霄汉,还是没伤到它分毫。

王龙年少气盛,禁不住这么磨蹭,大喝一声,板斧朝九头鸟当头斩下。九头鸟一声怪鸣,肋生双翼,忽地腾空飞起。王龙喊道:"看你往哪里逃!"纵身追上去。却不想王龙刚跃起,九头鸟就倏地回头,把嘴一张,喷出一道蓝幽幽的火焰来。王龙不防,被喷个正着,痛叫一声,坠下地去。九头鸟游斗了一天,其实没浪费多少力气,见王龙跌落在地,猛地把翅膀一挥,将王龙整个身子卷了起来,摔落山涧。王龙被摔得七荤八素,心想:这畜生真是狡猾,把我气力耗尽了它才出手,今晚不能再与它斗了,找个地方先藏起来再作计较。于是,他从水里爬上来,躲进林子里去了。

九头鸟一声怪笑:"这次我倒要看你往哪儿逃!"说完,展开双翼,飞上半空,张开鸟嘴,"呼"地又喷出一道蓝幽幽的火焰。这火遇物即燃,林子顿时烧了起来。王龙知道这火的厉害,咬着牙往林子深处躲。九头鸟在后面边追边喷火,没多久,山上就大火弥漫,整座山都烧了起来。王龙被困火海,无法逃脱,只得回头与九头鸟硬搏。只可惜,这个时候的他已是强弩之末,板斧没有了先前的威力,最终他落败,葬身火海。

王龙因在出发前向乡亲们说过,如果不能降妖除魔,就誓不回去,他的七魂六魄在半空游离了一会儿后,越想越觉得无颜回去,遂化作一块石头,永远留在了雪窦山上。如今在三隐潭看到的人形石头便是王龙的化身。王龙带上山来的那些面饼被水泡湿后,一层一层黏在了一起,后来经火一烤,金黄油亮,香气怡人,成了现在声名远扬的千层饼。

溪口千层饼

素有"天下第一饼"之称的溪口千层饼,始创于公元1878年,至今已有140余年历史。它外形四方,状如火柴盒,内分27层,层次分明,金黄透绿,香酥松脆,入口甜中带咸,咸里带鲜,风味独特,尝之令人唇齿留香。千层饼的主要原料有面粉、芋头粉、白糖、精盐、植物油、芝麻仁、苔菜等。它的制作工艺复杂,需要经过12道工序,而尤以最后一道工序焙烘为重。焙烘时必须十分注意火候,才能制成色香味俱佳的食品。

溪口千层饼是奉化的三大特产之一,曾多次获得国家级和省级名特产品奖。2004年9月14日,原国家质检总局批准对"溪口千层饼"实施原产地域产品保护,授予其"中国国家地理标志产品"称号。

豆酥糖

"碰一鼻子灰"的舌尖美味

豆酥糖是一种宁式茶食,也称"三北豆酥糖"。1954年宁波行政区域调整,慈溪市境调整为由原慈溪、余姚、镇海三县的北部组成(俗称"三北"),所以,此地所出产的豆酥糖就称为"三北豆酥糖"。

棱角分明的糖块,淡淡的黄豆香,用白色的油纸包裹起来,正中还印有"三北豆酥糖"的字样。作为一种传统糕点,三北豆酥糖一直是宁波人引以为傲的特产,更是宁波人心中的一个美好记忆。

简单的红字白纸,包裹住四四方方的豆酥糖,这样古拙的外包装诉说着制糖手艺人数十年如一日的坚守。豆酥糖虽然包装朴实简单,但打开后,那股黄豆的香味,实在是太诱人了。在那个还没有满大街充斥薯片、巧克力的年月,豆酥糖是孩子们最奢侈的零食,不单单小孩子爱吃,大人也都喜欢。每逢年末，宁波农村地区大都会做年糕以备春节期间享用。在火热的年糕团里嵌豆酥糖，又香又糯，是深受老幼喜爱的时令食品。

豆酥糖的味道富有层次感。黄豆粉与饴糖的搭配并没有想象中的腻味，一者浓香，一者甜香，层层递进，让人欲罢不能。吃豆酥糖其实也蛮有讲究的。外地朋友第一次打开包装后，看着小小一方要散不散的豆酥糖，往往会不知从何下手。性急的人一口吃半块，便会惹得嘴唇、鼻子上都沾满白色的豆粉，可能衣服上也会被洒得一塌糊涂。优雅一点的吃法，应该是先轻轻捻起一小块糖块，放入嘴中细嚼慢咽，缓缓品味，最后才把剩下的粉末拢到一处，一口气倒入嘴里，才算吃得干干净净，味道也最完整。

三北豆酥糖有悠久的历史。相传清朝光绪年间，余姚陆埠镇上有一爿乾丰南货茶食店，请了一位宁波籍的老师傅，人称殷先生。此人善于经商，制作糕点的手艺高超，又善于动脑。在乾丰南货店，他试制了一种新的糕点——豆酥糖。他用八九月份登场的粒大、粉浓、色纯的花勾黄豆为原料，并专挑颗粒饱满、无烂无蛀的；炒熟以后，去壳、磨成粉，用绢筛打过；再用从英国进口的5号白糖，壳薄、肉厚、油足、香味深馥的严州黑芝麻和洁白晶莹的隔年陈糯米制成饴糖作馅，精工制成松脆可口、香留齿颊、回味无穷、老少皆宜的豆酥糖。豆酥糖上市以后，大受顾客欢迎，京沪等地商家俱来订货，从此声名鹊起，闻名遐迩。

有着90多年历史的中华老字号"叶大昌",起家产品也是三北豆酥糖。叶大昌茶食店以专业生产宁式糕店享誉上海滩,与三阳南北货、邵万生糟醉、天福南货茶食齐名,是旧上海四大南货店之一。

1925年,慈溪人叶启宇在上海开设叶大昌茶食总号。叶启宇设立糕点工场,特地从老家"三北"请来做糕点的老师傅,专做具有宁波特色的糕点。糕点上市以后,广受人们欢迎,特别是豆酥糖香甜可口,松脆无渣,入口即化,不黏牙齿,且香味独特,深受好评。

有了好的产品还需有效的营销手段。为打响"叶大昌"品牌,叶启宇在销售形式上动脑筋。他专门定制了几十只可认背的大箱子,无偿提供给小贩用,条件是小贩走街串巷时须叫卖"叶大昌三北豆酥糖";同时,实行电话送货,送货员须身穿印有"叶大昌"牌子的黄马甲;对一些价格低廉的商品按成本出售,让利于小贩和顾客。

一时间,上海街头巷尾小贩们"叶大昌三北豆酥糖"的叫卖声不绝于耳,"叶大昌"黄马甲成为一道亮丽的流动风景线。一包包小小的三北糕点系列产品使"叶大昌"声名鹊起,成为上海人人皆知的"宁波帮"特产商品。即便那些吃惯了"三阳""邵万生"的宁波粉丝,也交口称赞:"'叶大昌'的糕点比'三北'老家的还好吃。"

此后,"叶大昌"门庭若市,牌子越来越响,声誉日隆,方圆数百里慕名争购者络绎不绝。

乡味解密

豆酥糖

豆酥糖是宁波地方传统名特糕点之一。它的制作原料以黄豆为主,辅以常青豆、黑芝麻、白糖等。制作一般分以下几个步骤:

首先是拌粉。将黄豆粉、熟面粉、糖粉混合拌匀后过筛。

然后是煮糖。将饴糖、油下锅熬制,根据气温不同,一般熬到110—120℃,即成老糖(熬好的饴糖)。取出,放在容器内,炖在热水里,以保持老糖的温度。

接着是制糖。将黄豆、熟面粉和糖粉的混合粉用锅炒热,取出少量撒在操作台上,然后放上老糖,表面再撒上热粉,用擀面杖擀成方形。将热粉放入其中,再将老糖对折,用擀面杖擀薄,然后再放热粉。如此重复折叠三次,最后用手捏成长条,捋直,切成四方小块,用木条压实。

最后是包装。用纸把豆酥糖包好即可。因豆酥糖容易受潮,以贮藏于铁皮箱里为佳。

豆酥糖香甜可口,松脆无渣,入口即化,且不黏牙齿,香味独特,食后令人口齿留香,回味无穷。它还营养丰富,富含蛋白质、碳水化合物及钙、铁、胡萝卜素等多种营养成分。

三北盐炒豆

刮啦松脆的消闲小食

蚕豆,宁波人称为倭豆。蚕豆可以套种在棉地里。地处宁波北部的慈溪过去是个大棉仓,所以蚕豆的种植面积也很大,而且产量高、品种纯。慈溪人爱吃土生土长的蚕豆,会把蚕豆加工成芽豆、油炸豆板、油盐炒豆等美食,其中的"盐炒豆"更是别有风味的家乡特产。

20世纪50年代初,慈溪一带常有做小生意的人肩背黄布袋,里面放几斤三北盐炒豆,在里弄里边走边唱"三北——盐炒——豆,一百(旧币)——五粒"。三北盐炒豆或沙炒豆,俗称炒倭豆,又松又脆,稍带咸味,非常可口,且容易消化,是三北地区最普遍、最普通的廉价家常消闲食品,也是大家喜爱的一种食品。三北人对盐炒豆深有感情,下酒、充饥都离不开盐炒豆。民间有语:"炒豆带一袋,山川难阻留。"出门远行,有炒豆就不怕饿肚子了。

　　三北盐炒豆，说它平凡却也不平凡，要想炒得好吃，就要费一番心思。有技术的炒得粒粒开花，松脆酥香，吃了令人上瘾。没技术的炒成僵豆，弄不好还会让食客嗑掉了牙齿。所以，三北有首童谣："一颗星，孤伶仃。两颗星，加友朋。友朋有，炒倭豆。"可见炒倭豆也要有同伴共同探讨技术。

　　这三北盐炒豆是谁发明的呢？三北民间有这样的传说。

　　相传明朝嘉靖年间，倭寇常侵犯浙东沿海地区。三北大古塘一带种着不少蚕豆，蚕豆是在五月黄梅季节成熟的，倭寇常常在这段时间窜到三北来抢劫蚕豆。

　　当时镇守宁、绍、台三府的浙江都司参将戚继光将军正守卫在观海卫一带，他利用炮台山的烽火台和沿海各地烟墩传递情报，率领骑兵跃马奔驰在三北沿海一带，有力地打击了倭寇的入侵。

一天傍晚,戚继光从烟墩中得知情报:倭寇入侵古窑浦一带。他便率领骑兵沿着大古塘向东追击。倭寇见了戚继光大军如同老鼠见猫一般,纷纷向海上逃窜。

戚继光杀敌归来,在月色下发现大古塘上有斑斑白点,下马一看,原来这些白点是倭寇抢劫时散落在地上的蚕豆。戚将军平时非常爱惜粮食,他便命士兵将蚕豆尽数拾起。

戚家军回营后将蚕豆收拢,足有100多斤。但这些蚕豆已受潮发涨,而当时正值黄梅季节,又无法暴晒,多放一些日子,这些蚕豆势必烂掉。怎样保存好这些蚕豆呢?戚将军思前想后,问这问那,最后决定把蚕豆炒熟,才可不致浪费。在炒制过程中,为了使蚕豆均匀受热,他在锅里放了一些盐,没想到这些炒熟的蚕豆变得又松又脆,香且可口。

于是,戚将军将盐炒豆分给士兵和当地的百姓,大家吃了齐声夸好。父老们向戚将军询问此豆的来历,戚将军便将杀敌、捡豆、炒制的过程一一说了,百姓们听了无不称颂。

之后,百姓们就学着戚将军的样子,先把蚕豆泡水发涨,再放在锅里用盐拌着炒。经过不断改进和改良,便炒出香脆可口的盐炒豆来。

所以说,三北盐炒豆是戚继光首创的。

盐炒豆

加工盐炒豆的过程很烦琐。首先要挑选颜色白净、大小均匀的蚕豆,并把豆浸在清水里三四天。蚕豆肉没有完全发涨,需要用牙齿来检验:如果豆子咬得动,浸泡才算完成。然后把泡好的豆子放在竹篮子里自然晾干,每天要把篮子里的豆子里里外外"翻翻身",使豆子干湿均匀。三五天后,浸涨的豆子又缩水了,表皮变得皱巴巴的,好像饱经风霜的老婆婆的脸,这一过程叫"发豆"。最后,用粗针在每颗豆子中心戳一个小孔。

经过这样"选、浸、晾、戳"四个程序,还只是完成了盐

炒豆的前期工作。最关键的环节是"炒豆",这是一项难度极高的活儿。先把盐在锅里炒热,然后放一小碗泡好的蚕豆,左右手各拿一把镬铲,双手不停地交替着急火猛炒。待镬里的豆子发出"砰砰砰"像小鞭炮爆炸一样的声音,豆子和着盐蹦到锅外,这时须用镬盖半遮,控制豆子的活动范围,另一手继续不停地炒翻。

凭经验掌握好火候。最后,用筛子把豆和盐分开,一小碗黄澄澄、香喷喷的盐炒豆就做好了。盛出,放在竹匾里自然凉透。刚刚炒好的盐炒豆又香又松,略带一点甜味,吃几颗就会上瘾。

第五辑

节庆食风

JIEQING SHIFENG

宁波年糕

心想事成年年高

年糕,因为它的谐音寓有"年年高"的吉祥之意,所以宁波一带有"年糕年糕年年高,今年更比去年好"的民谚。年糕作为过年的节令食品已有悠久历史。旧时每到农历十二月中旬,农村便会掀起家家户户做年糕的热潮。

宁波制作年糕历史悠久,早在北宋就已经有用米粉做糕的记载,清代已经非常普及了。清代,宁波地方文献《桃源乡志》卷五《物产志》已经明确提到:"良湖稻,可做年糕。"说明那时,年糕已经成为年节筵席的重要食品。

关于宁波人过年吃年糕,还有一个故事。据说年糕是由伍子胥创制的,而这个故事在慈城镇流传至今。

春秋时候,名将伍子胥曾经在慈城打过仗。他死之前,对部下说:"如果国家有困难,百姓断粮,你们到城墙下挖地三尺,可以得到粮食。"伍子胥死后,他的部下被越王军队包围,城中断粮，已饿死了不少人。这时，有人记起伍子胥之前的嘱咐，便急忙召集邻里一起来到城门外掘地取粮，当挖到城墙下三尺深时，才发现城砖是用糯米粉做的。人们顿时激动万分，朝着城墙下跪，拜谢伍子胥。在伍子胥家人的主持下，这些糯米粉被分给了城内饥民，大家暂时度过了饥荒。

慈城人敬仰伍子胥爱国忧民的精神，此后，每到寒冬腊月，就准备年糕，一来表示对伍子胥的怀念，二来可以在送旧迎新的春节与亲朋好友分享。所以，慈城年糕的造型与城砖相似，而且煮后不黏，干后不裂，久藏不坏。这一风俗越传越开，直到现在。

宁波年糕是众多稻米加工制品中的奇葩，体现了7000年米食文化的智慧，它的特点主要包括：其一是色如玉，韧似胶；其二营养丰富。区别于苏式、广式等年糕，宁波年糕以"水磨"闻名。宁波年糕用优质的晚粳米做原料。晚粳米加水浸泡三四天或一星期，加水磨成粉浆，再将水分压去，成为干湿适度的水磨粉。将水磨粉放入蒸笼中用猛火蒸透，再趁热取出，在石臼中反复舂揉，直到韧性恰到好处时，将粉团搓成长度相等的圆柱形坯条，然后用年糕板压成大小均匀的条状年糕。年糕板都精雕细刻着花卉、暗八仙等吉祥图案，分为单板和套板两种。套板带有外框，压成的年糕四边平整光滑，一模一样，称为"勒子年糕"。作为祀神祭祖供品的"如意年糕"，就是用套板做出来的。也有不用年糕板，直接用手压扁成条状，或用手搓成圆筒状，甚至用

脚踏成圆饼状的,统称"懒惰年糕"。人们还用年糕印板压成"五福""六宝""金钱""如意"等形状,象征"吉祥如意""大吉大利";有的则做成"玉兔""白鹅"等小动物形状,构成真正意义上内容与形式的完美结合。

旧时,宁波农村做年糕的时间有早有迟,先做的便会向邻舍分送年糕团。最受欢迎的是嵌馅子的年糕团,咸的馅子多为咸齑炒笋丝,或者油条蘸些盐;甜的馅子则是黑洋酥之类,现做现嵌,大人、小孩都喜欢吃。还有的将年糕团捏成"元宝"形状作为供品;或做成鱼、兔、鸡、鹅等小动物形状,嵌上两粒豇豆当眼睛,再点上可以食用的红颜料,给孩子们玩耍,玩腻了就蒸熟吃掉,可谓妙趣横生。

年糕既可当点心,又能做主食,是一种老幼皆宜、贫富共尝的食品,因而特别为人们所喜爱。随着生产技术的提高,如今,年糕已由手工制作发展为机械生产,由节令食品发展为日常食

品,而且年糕的花色品种也越来越多。

目前,宁波年糕的主要生产基地在江北区的慈城镇和余姚的三七市镇。除传统年糕外,还先后开发了水晶年糕、袖珍年糕、大头菜年糕、火锅年糕、桂花糖年糕等特色品种,包装精美,食用方便。

乡味解密

慈城年糕

慈城年糕是浙江地区著名的传统小吃。它已有数百年历史,以选料讲究,精工制作著称。慈城年糕产业在全国处于领先地位,知名品牌有"塔牌""如意""义茂""冯恒大"等。近年来,在获得全国年糕食品地方标准的基础上,经原农业部、中国特产之乡暨宣传推广活动组织委员会推荐和评审,慈城还获得"年糕之乡"的美名。慈城年糕还被列为国家地理标志登记保护产品。

　　慈城年糕色白如玉,柔糯可口、咸甜皆宜,烹饪方法甚多。可以热炒,如青菜炒年糕、菜蕻炒年糕、荠菜肉丝炒年糕,以及糖炒年糕、白蟹炒年糕等;可以汤煮,如鸡汁年糕汤鲜美无比,还有咸菜肉丝年糕汤、菠菜年糕汤、冬笋咸菜年糕汤等都各有风味;可以烤烧,如将年糕剖成段,铺在大头菜或天菜心上,再加盐、酱油、食用油,煸熟后清香扑鼻;可做酒酿年糕,将年糕切成小丁,加少许白糖和酒酿煮熟,再打入鸡蛋,最后加糖桂花,便成为一道美味小吃;可以油炸,如夹沙年糕、油炸年糕,都是脆爽的甜点心。年糕干可以炒,也可以爆年糕片,是孩子们喜爱的零食。

邱隘糗
记忆中最温暖的年味

白如玉，圆似盘，顶上一点红，食未入口，米香已扑鼻。迫不及待咬上一口，香软黏糯，甘甜便直蹿心底。阿拉宁波一带，逢年过节，家家户户除了做年糕，还要做糯米糗，欢欢喜喜过个年。因糯米糗外观喜庆，寓意团圆，所以逢年过节，宁波人都喜欢吃上一口。

在宁波，各地都在做糯米糗，而唯独鄞州邱隘做出的糗最有名，至今已有近200年的历史。邱隘糗出名，是它的质料特别好吗？不是，是因为它搓得细润稠滑，做得小巧玲珑，更是因为它曾有过不凡的身份——做过"贡品"。

据说，在明朝景德年间（1425—1457），邱隘住着一个姓丘的寡妇。她年轻丧夫，膝下只有一个幼小的孩子。这寡妇很贤惠，娘儿俩勤俭度日，尽管生活贫苦，但寡妇还是惦记着父母，每年过年，都要送点糗去，作为年礼。

后来,她母亲得病先亡,只剩下老父孤身一人过日子。这年年底,又要做馃了。她思量着老父年迈不便动刀,就想出了一个主意。她请人把做馃的糯米舂得特别细润,又多费了点工夫,掰成一个个只比算盘珠子大一点的小馃。这样,吃起来刚好一口一只,老父烧煮时不必用刀切了。老父亲吃到这样的小馃,心里乐滋滋的。

这样,小馃越做越好。第三年,丘寡妇又做了一斗米的小馃,分装两只小篮,叫儿子送到五乡碶外公家去。儿子已经十一二岁,也很聪明。他挑着小篮,走到五乡碶一户大户人家的门口,见门前的两只石狮子口衔石丹,昂首踞坐,觉得好玩,就放下担子歇息,好奇地抚弄着石狮子口内的石丹。

正玩得高兴时,一个须发花白的老人走出来了,看到这个孩子生得伶俐可爱,就问他从哪儿来,到哪儿去,篮子里装的是什么。孩子听娘讲起过:外公那边有一户做官人家,人称傅天官,莫非就是这位老人?孩子这样想着,就彬彬有礼地告诉他篮子里装的是小槐。

"小槐是什么样子的?"那位老人有点好奇地问,"能让我看看吗?"孩子揭开篮盖,一个个圆滚滚、白皙皙、油光光、滑润润的小槐,中心印着一点红花,这是老人从未见过的。于是,他就问孩子的外公是谁。待孩子一一回答后,他故意说:"你外公原来是他,他与我是同辈兄弟呢!你应该也叫我'外公'呀!""外公!""乖,那么,槐就送给那边的外公,不送给我这个'外公'吗?""这篮孝敬您!""好,好,乖外孙儿,等你回家,来这儿取篮。"老者提着篮子进门去了。原来他就是当朝天官,近几天正省亲在家。

那孩子把另一篮小槐送到外公家,吃过午饭,就急着回家了。回来的路上路过傅家,他就进去取篮。傅天官留住他问长问短,又留他吃过点心,把小篮还给他时,说:"回家交给你娘再揭篮盖。"那孩子很听话,就把篮挑回家里。丘寡妇揭开篮盖一看,啊!十二锭元宝!"这是外公回的?"孩子把事情的经过说了一遍。丘媳妇第二天一早梳洗一番,就领着孩子来到傅家,请院公领见主人。一见天官,她跪下就拜:"爹爹在上,受女儿一拜。"傅天官一见就明白了。他见这妇人聪慧灵巧,倒也十分喜欢,就收她为义女,从此,便常常照顾她的生活。

傅天官把小槐带回宫里,献给皇帝。皇帝一看,也十分动心,问是何物。天官回禀是丘隘产的,就叫"丘槐"。皇帝一尝,果然细润稠滑,别有一番滋味,就传旨每年让丘寡妇督办,制作一批"丘糙",由傅天官派人运送到京城。

后来,皇帝听说丘隘地处平原,没有丘陵,就提笔在丘字旁加了个"耳"。从此"丘隘"便成了"邱隘"。

乡味解密

糯米糙

宁波人对于糯米,有着一种特殊的感情,在很多风味小吃的制作当中,都少不了它。制作糙,也不例外。要做好糯米糙,选用的糯米十分关键。制作糯米糙选用的多是当年的新糯米。和做年糕的方法类似,做糯米糙之前,要把上好的糯米先用水浸泡,浸泡的时间由气温决定。天热时,浸泡一天一夜即可,天冷时则要延长至两天两夜。

浸泡好的糯米沥干后上蒸笼蒸,用传统的大木桶旺火蒸半小时,然后倒入传统的石捣臼中,开始最费时费力,也是最传统的步骤——捣。捣,不但要力气,更要技术,用力的方向和角度很有讲究,捣不好,费时费力不成形;捣得好则事半功倍。捣糯米团时需要两人配合,一人拿着捣柱捣,另一人则坐在一旁,在捣柱提起的间隙,快速用手翻弄糯米团。捣的过程至少要20分钟,直到把糯米团里的米粒捣到看不见为止。

当石捣臼中的糯米团看不到一点米粒的影子时，就可以进入最后一个环节——摘粿了。把舂好后的糯米团摘成一个个小团，然后在手里拍打揉搓，白嫩晶莹的粿就做好了。做粿的时候要连续拍打，只有把表面拍得像缎子那么光滑油亮，糯米粿干了以后再浸在水里才不会化掉，吃起来才又韧又糯。

把制作好的粿整齐排列好，中间点上一点红，寓意喜庆吉祥，象征着丰收。和手工年糕一样，晾干之后的糯米粿可以浸泡在冷水中，保存十天半个月不成问题。要吃的时候，装在盘子里，淋上猪油、芝麻和汤做成的酱料，然后上蒸笼蒸半个小时，一盘香糯的粿就出炉了。

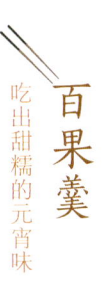

百果羹
吃出甜糯的元宵味

农历正月十五是我国传统的元宵节。由于这一天是新春后的第一次月圆,因此也叫"上元节"。根据宁波旧俗,正月十四为"上灯夜",正月十八为"落灯夜"。在这 5 天的灯期中,城乡各地家家户户悬挂彩灯,有的地方还举办灯会,祠庙里唱书演戏,一片喜气洋洋,十分热闹。在元宵节期间,宁波镇海城内还有一种独特的习俗:家家户户都要吃上一碗甜蜜的"丫头羹"来庆贺新年。

元宵节吃"丫头羹"属宁波本土食俗。宁波有句老话:"正月十四夜,家家丫头羹。"说明宁波一带于正月十四吃"丫头羹"的习俗相当普及。"丫头羹"是甜食,原料普通,一般有糯米小圆子、年糕丁、花生仁、赤豆、莲子、枣子、桂圆等,加入白糖、干桂花烧煮,香甜糯滑,别具风味。

光绪《镇海县志》中有一首清人张振夔的长诗《风俗咏》,记录了陈氏家传"丫头羹"的滋味、来历、制作方法等，成为这一习俗的佐证。"春正月十四，陈侯有佳馈。云是丫头羹，风味君且试……兼用盈六物，糜烂混一类。瓜果暨薯蓣，枣杏杂饼膳。汤玉糟云并，姜辛桂辣备。缕切棋子同，名质团油譬。胶牙甘似饴，适腹腐于豉。五侯鲭略同，百氏浆差异……"诗中披露了180多年前正宗"丫头羹"的配料：红枣、杏仁、南瓜、芋艿、莲子、酒糟、生姜、桂皮、辣椒等，大赞"丫头羹""格破成大始"，创元宵名吃，堪比佳肴"五侯鲭""百氏浆"。

"丫头羹"类似现今酒席上的百果羹，但味道却大相径庭。其特点是每户人家可视各自的原料和口味爱好，随意增减或调换搭配的原料，自由调制甜、酸、咸、香、辣各种味道。因此，千家百味，吃起来别有一番滋味。但你知道如此好吃的东西最早是谁煮出来的吗？

据说，唐朝年间，有个外地女子，在镇海一户大户人家当丫头。这家主人有个习惯，每年正月十四上灯之夜，必定要带上全家上街观灯，留她看门。那一年又逢正月十四，丫头遵照主人吩咐，边干些杂活，边等主人看灯回来。谁晓得这年的灯会特别盛，主人家一直看到三更还没回来。那丫头从腊月里忙到正月十四，这会儿身子疲倦，肚子饥饿，但又不敢睡下，真想吃点东西来解饥提神。可主人家的一菜一饭、盆盆碗碗在他们临出门时都曾一一清点过目，是不能随便乱动的；不吃吧，正是寒冬，人咋熬到天亮呢？

丫头在厨房里找了起来。桌上有主人祭灶时用过的十几盘果品。她想，这些供品个数多，如只取它几个吃吃，主人是难以发觉的。于是，她在红枣、黑枣、桂圆、胡桃、李荠、金柑、印糕、红蛋8种果品盘中各拿出几个，有皮的去皮，有核的去核，无皮无核的切成小块一起放进锅里，撒些干桂花放些糖，加点山粉拌浆，煮了起来。

不料，刚刚烧熟，主人就回来了，问她："你在烧啥？"丫头说："煮些点心。""啊？"主人火了，"好大胆，竟敢背着主人偷煮东西吃，那还了得！"丫头一见不妙，急忙改口说："都后半夜了，我是为老爷你烧的。"主人一听，才息了怒。因为他也正好感到肚子饿呢！他上前揭开锅盖，见里面白花花、黏糊糊的，觉得奇怪，问："这是啥点心？"丫头顺口答道："百果羹。"主人从未听说过这种点心，又问："好吃吗？""当然好吃！"丫头说，"羹里有红枣、黑枣，吃了全家安好；还有桂圆、胡桃，吃了招财进宝；加上金柑、红蛋，吃了百病消散。"主人大喜，端起碗来就吃，顿时觉得香气扑鼻，清甜鲜口，既解饥，又提神，啧啧连赞好吃："可惜煮得太少了点。这样吧，你赶紧再煮些，让全家人都吃上一碗。你嘛，也留点尝尝味道。"

主人吃了"百果羹"意犹未尽，第二天有几位客人来访，就又叫丫头做这个"全家福百果羹"。客人们从未吃过这种甜羹，也都赞不绝口，询问得知是这个大户人家的丫头做的，回去就派仆人前来学习这种甜羹的做法。就这样，一传十、十传百，"半

天松花嘭嘭扬",过了不久,城里大户人家和一般百姓家都效仿着用这种甜羹宴请客人了。

因为这羹是丫头煮出来的,所以,也叫"丫头羹"。

乡味解密

丫头羹

"丫头羹"是"老宁波"代代相传的元宵节的味觉记忆。这道甜点以湘莲、红豆、桂圆、白糯米、红枣、糖水什果、小圆子、酒酿、糖桂花、冰糖、蜂蜜等为原材料,制作过程大致如下:

将去皮去芯的湘莲、红豆、白糯米洗净后,分别浸泡一晚。桂圆剥壳去核、红枣去核,分别洗净后待用。取一大砂锅,加入适量的清水,大火烧开后放入湘莲和红豆,再次烧开,加盖转小火焖煮约40分钟。再加入桂圆肉和红枣,继续焖煮约60分钟。接着加入白糯米,当白糯米煮至黏稠时，加入冰糖和蜂蜜。待冰糖溶化后，加入小圆子，用小勺子慢慢地搅动。然后小火转中火，当小圆子一个个浮上来时，马上加入什果、酒酿和糖桂花，搅拌均匀。烧开后即可起锅，分装小碗食用。

"丫头羹"口感糯滑，风味独特，是颇受宁波人喜爱的点心。

宁波麻糍

青香软糯的"追忆食品"

麻糍已有2000多年的历史。它是以糯米为主要原料,经过蒸熟、反复揉搓等基本工序制成的糯制食品。宁波有句老话:"清明麻糍立夏团。"在清明扫墓时,麻糍经常被当作供品来祭拜祖先。而清明上山,地偏路远,半途难免饥饿,所以,麻糍也时常被当作垫肚子的点心。

清明时节食用的麻糍,是宁波的一种标志性的"追忆食品"。在《鄞县通志》里有一段关于麻糍的描写:"糯粉和青蒿制成之饼……其斜方形,无馅而外糁松花者。"

麻糍在宁波老话中谐音是"呒事",在宁波人心目中,麻糍寓意平安无事,是清明祭祀的主祭品。麻糍中的艾叶、松花粉,都是应景之物,象征着草木长青,也体现了自然轮回。时至今日,在宁波乡间依旧有不少人家保留着清明做麻糍的习俗。

每年的清明节前后,是吃麻糍的最好时节。因为做麻糍最重要的原料艾青，只有这个时候才有，所以只有这个时候才能吃到最新鲜的麻糍。食麻糍时，烘煎随便，蘸以白糖，香味俱佳；如用火缸煨之，则别有一股乡土风味。对老宁波人来说，这样的食物无比亲切，更容易唤起心底最柔软的一抹记忆。

关于麻糍的来历，有个说法是这样的。往昔，宁波山民每年冬季去异乡劳作，往往要步行半个月或几十天，受尽了挨饿受冻的苦楚。为免途中炊灶之难，山民在出门前会选用上等糯米，洗净浸透，然后放入舂臼，用舂槌捣成黏稠的团状，俗称"麻糍"。麻糍阴干后，蒸、煎、火烤、砂炒皆宜，便于山民路途食用。

清明做麻糍，过年做年糕，这是宁波民间流传至今的风俗。麻糍是旧时宁波人上坟时的传统食品。清明上坟，家家须准备大量麻糍，分赠坟墓附近的"坟亲"。"坟亲"是代坟主照看坟地的人，并非是有血缘关系的亲戚，多数是附近的农民。祭祀后，墓裔为示亲睦，会按人头分发麻糍，大家欢欣领去。宁波民间所讲的"清明拿麻糍，见人头分麻糍"之说，大概出于此。

新中国成立后，清明分麻糍的习惯已属少见，可是清明节做麻糍更为普遍了，而它的意义已并非单纯为扫墓。另外，宁波还有一个习俗，就是婚娶前要在清明节送麻糍。谁家要娶媳妇了，男方一般都要在清明节前给女方送去麻糍，预示在下一个清明节前要来娶新媳妇过门了。女儿出嫁后，女方父母到了清明节又得向男方回送麻糍。据说这是预祝小两口日子能过得糯滋滋、甜丝丝。如今，麻糍不光是在清明节吃，一年四季都可以食用,已成为凝聚着宁波人满满乡愁的"老味道"。

宁波人清明时节要吃麻糍,麻糍又作为清明节食品流传至今,这其中还有个传说呢。

很久很久以前,人都有尾巴。尾巴有10节,黄了9节人就要死了。人看到自己尾巴的第九节开始黄了,知道快要死了,就自己到山里挖个洞爬进去等死。死之前要吃东西,就用糯米揉成糊,做成麻糍被,上面撒上松花,再带进洞里盖在身上,肚皮饿了就拉起咬一口。待活着的人见其已经死了,就把洞封好。一代接一代都是如此。

有一个部落首领,年纪轻轻就发觉自己的尾巴黄了9节,没办法,也只好挖洞,带着麻糍被去等死。谁知他一等等了100年,子孙给他送去的麻糍被被他吃了一条又一条。大家见他长寿,就把他吃剩的麻糍被分着吃,这些人吃了果然也长寿了。从此,他的子孙每年清明节都做好麻糍被去上坟,上完坟就分着吃。

于是,一代传一代,清明吃麻糍的习俗就一直流传到今天。

乡味解密

宁波麻糍

宁波麻糍的传统做法是把糯米饭和煮熟的艾青放在石臼中捣烂,然后放在铺有松树花粉的木板上,压成半寸厚,上面撒上松花,切成方形或菱形。麻糍内青外黄,烘

第五辑 节庆食风

煎随意，也可蒸熟后，蘸以白糖而食，甜糯可口，香味俱佳。具体做法如下：

1. 预处理：糯米需要经过 1 天的浸泡；将采摘回来的艾青反复清洗干净后用水煮。一般一口大锅中加入食用碱半块，几分钟后待青艾变成深色后捞出，晾至七成干。

2. 蒸糯米饭：用木桶装，大火蒸 20 分钟左右。

3. 打制：多采用手工打制的方式。工具为石臼大木槌，几个人轮番捶打。捶打时，旁边还得有另一人不断翻动加入了艾青的糯米团，整个过程需 30 分钟。

4. 上松花：起到的作用类似于做面食时撒的面粉。

5. 切块：将打好的青糯米团放在撒满松花的桌子上慢慢擀平，然后迅速地切成方块或者菱形。一般成品为 10 厘米见方，1 厘米厚的饼状。

制成的麻糍透着艾青特有的丝丝清香，放进嘴里咬上一口，滑溜溜、软绵绵，糯米和着白糖的甜味、松花的香味、艾青的清香，令人回味无穷。

龙凤金团

宁波城外说阿凤

龙凤金团是浙东一带城乡妇孺皆知的传统名点,也是宁波十大名点之一。宁波民间不论寿辰、乔迁、小孩满月、兄弟分家、敬神祭祖等,都少不了它。在婚嫁礼仪中,龙凤金团是必不可少的。它包含着"金玉满堂、花团锦簇、五代见面、五世同堂、甜甜蜜蜜、团团圆圆"等寓意。在老百姓心中,龙凤金团是象征团圆、表达美好祝愿的礼品。

清朝同治年间(1862—1875),一户从上虞到宁波江东谋生的赵姓人家开设了"赵大有"年糕店,其同乡也纷纷仿效,制作各类糕点,都以"赵大有"冠名。1910年,赵树德在茶馆中结识了"宁波帮"糕团名师苏瑞财、陈高仁,并得到他俩支持,在宁波百丈街开设第一家"赵大有"糕团店。这家店日后成为宁波制作龙凤金团最有名气的"老字号"。

如果有人问起龙凤金团为什么会被宁波人如此看重,宁波

街头巷尾的一些老人就会津津有味地讲起这样一个故事。

北宋末年,金兵大肆南侵。公元 1125 年 11 月,金兵渡过黄河,没两年就攻占了大宋王朝的都城东京。金兵在汴梁城内掠夺财物,无恶不作,还俘虏了宋徽宗和宋钦宗两位皇帝。公元 1127 年四月,"金人以二帝及太妃、太子、亲戚三千多人北去",并将大量金银珠宝、古董文物、图书档案、天文仪器及技艺工匠掠走,东京及其附近州县遭到一次次浩劫,北宋王朝至此结束。这一年正是北宋靖康二年,所以历史上将这次事件称为"靖康之难"。

北宋灭亡以后,留在相州的康王赵构一看大势不好,就逃到了南京(今河南省商丘),在公元 1127 年五月宣布即位,这就是后来的宋高宗。相传,金兵在攻陷汴梁时,康王赵构仓皇出逃，金兵在后边穷追不舍。他恨当年爹妈没给他生出两只翅膀，那狼狈的模样，真可谓：急急逃亡如丧家之犬，慌慌溜走似漏网之鱼。

且说，康王赵构只顾一路南逃，当逃到宁波郊外一个村子时，眼看金兵就要追上来了。他正叫天天不应，喊地地不灵的时候，猛然发现路旁的打谷场上，有个农村姑娘正在悠闲地晒着稻谷，旁边还有几只小鸡安静地寻食。康王赵构如同见到救命的菩萨，连忙喊道："姑娘救我，姑娘救我！"

农村姑娘抬起头看看眼前的这个人，其穿着打扮不是达官显贵，也是公子王孙，再看看大路上的股股烟尘，看样子追兵就是来追杀眼前之人的。姑娘想了想：不管他是什么人，还是伸手相救才好。于是，她叫康王赵构赶紧过来，顺手将谷箩扣在康王的身上，又抓了一些稻草扔在箩筐周围。然后，她拿起一根细竹竿，若无其事地吆喝起小鸡来。

不多时，金兵追到打谷场，看到这里除了一位正在干着农活的农家女子，就是晾晒着的稻谷和正在觅食的小鸡，什么东西也没有。他们又围着打谷场转了一圈，没有发现可疑之处，就继续朝前方追去了。

农村姑娘等到金兵跑得不见了踪影，才拿掉箩筐，对康王赵构说："好啦，追你的那些金兵走远了，你赶紧走吧。"等她再一看康王赵构，不禁大笑起来。原来，康王赵构此时身上已经沾满了糠皮，样子又狼狈又好笑。

康王赵构躲过了这场灾难,心情也逐渐平静下来。他见姑娘看着自己笑个不停,也不由得看了看姑娘。只见她穿着朴素,容貌美丽,天真可爱。姑娘见康王赵构这么愣愣地看着自己,以为他饿了却不好意思张口,就大大方方地说:"你等着,我给你拿吃的去!"略等了片刻,姑娘就从家里拿来两个"金团"递给康王赵构。所谓"金团"就是一种十分普通的米粉饼子,是宁波农户人家的家常点心。

且说,康王赵构只顾逃命,并没觉得饥饿,现在看到眼前那金黄色的饼子,才觉得饿坏了,肚子"咕咕"乱叫。他从姑娘手里接过"金团",就迫不及待地吃了起来。康王赵构吃完了两个"金团",深情地对姑娘说:"姑娘,谢谢你的救命之恩,又送给我如此美味。请问姑娘芳名?"姑娘笑着说:"没什么可谢的。我叫阿凤,你呢?"康王赵构回答道:"我乃康王。阿凤姑娘,日后必有重谢!"说完,他依依不舍地告别了姑娘,继续逃命去了。

后来,康王赵构在南京即位,史称宋高宗。他继续南逃,将都城建在了临安(今浙江省杭州市),历史上称为"南宋"。有一天,赵构忽然想起宁波那位有救命之恩的农村姑娘阿凤,便立即派人前往宁波,要将阿凤姑娘接到临安皇宫,让她享受荣华富贵。

这件事情流传到了宫墙之外。有个专门做"金团"生意的饭馆老板听说了此事,将平时做的"金团"加以改进,在上面印制了龙飞凤舞的图案,外沿上带有金黄松花纹样,还取了一个吉祥富贵的名字——龙凤金团。这个老板在叫卖的时候,故意吆喝道:"此饼是当今皇上亲口品尝过的'龙凤金团',美味无比呀!"人们听了,纷纷购买品尝,味道果然不错。

从此,"龙凤金团"就流传开来,成了宁波地区的一种传统风味美食。

乡味解密

龙凤金团

宁波龙凤金团远近闻名,其手工制作步骤大致如下:

一、米团拌和。要领是功夫要到,米面越熟口感越滋润。

二、制馅。金团内有松花馅、豆沙馅、芝麻馅等。先把原料炒熟或煨熟,捣成粉末或搅成糊状,加上香料、糖,

拌均。

三、摘团嵌馅。把米粉团揉成条状,摘成面团,要均匀得体,然后把馅嵌在中间,搓圆。

四、加印模。金团印模为一多边形木盘,内列多个刻有花鸟虫鱼等各式图案的圆印模。把裹好的面团放进印模后,盖上与木盘同样大小、上有浅浅模槽的盖子,稍用力合上,即可压出有各式图案的金团。

龙凤金团皮薄馅多、口味甜糯、清香适口,芝麻馅、豆沙馅、黄豆馅……每一种口味都令人百吃不厌、回味无穷。

黑饭

油光乌亮的清明味道

每到清明,宁波总会流传一句话:"黑饭麻糍青金团,清明祭祖到坟头。"说的是旧时宁波人上坟用的三种食品:青金团、黑饭糕和麻糍。这三种食品同为糯米制成,但颜色各异,味道迥然。白色的糯米遇到绿色的乌饭树叶,竟然神奇地变成了一块块黑饭,而宁波清明的味道便也从这一块黑饭开始。

人类创造的美食,不少得益于植物提供的营养、香味和颜色。就拿宁波特色糕点来说,"赵大有"的龙凤金团色泽金黄,那是松花粉"滚"出来的;清明用于祭祖的青团,主要配料是翠绿的艾草;油光乌亮、清香四溢的黑饭,它不是用黑米制成的,而是用糯米浸泡乌饭树的叶子汁后"蒸煮"出来的。明代《七修类稿》就有记载:"采杨桐树叶,染饭青色以祭,资阳气也。"李时珍在《本草纲目》中称:"摘取南烛树叶捣碎,浸水取汁,蒸煮粳米或糯米,成乌色之饭。"

做黑饭要用到的乌饭树(也称乌稔、南烛、杨桐)的嫩枝叶,它叶形似香樟树叶,老叶深绿,新叶嫩绿,仔细看,叶脉、叶柄以及叶子的边沿是玫红色的,像是一根根粗细不一的血管。乌饭树的树叶及果子含有丰富的氨基酸、胡萝卜素、维生素C等成分,以及铁、硼、锰、锌等矿物元素,具有益精强筋、明目乌发、止咳安神、健脾益肾诸功效。因此,黑饭可称得上是地地道道的"绿色食品"。

"老宁波"有这么一句俗话:"清明吃艾草,立夏吃柴脑。""柴脑"是指树木刚抽出来的嫩枝叶,这里特指乌饭树的嫩叶。立夏时节,乌饭树叶已经不像早春那么稀缺,上一趟山就能摘来一大袋,菜场里也有得买。

黑饭的滋味,妙在一缕奇特的植物香味,清幽淡雅,是众香里的"王者之香",别有一番独特的滋味。黑饭不但好吃,而且还有一段古老的传说。

相传，古时候有个叫目连的孩子，他的母亲十分贤惠，一家和睦相处，过着开心的日子。后来，目连的父亲又娶了一房年轻貌美的妾，便变了心。他勾结官府，诬告目连母亲不守贞节，把她投进了监狱。目连很孝顺母亲，他深信母亲绝不是那种不知廉耻的人，为母亲含冤受屈感到愤愤不平。自母亲入狱后，他每天烧了白米饭，就装进小竹篮，前去探监送饭。可是，牢头是个坏东西，收下白米饭后，几乎都独吞了，只把吃剩下的一点饭给目连的母亲。

为这件事，目连又恨又急，整天想着对付牢头的办法，可一时又想不出好办法来。四月初八那天，目连上山砍柴，随风飘来一股扑鼻的香味，他便逆风上前寻找，终于在向阳的山坡上发现一簇簇矮小的树木。这些小树叶子碧绿，油光闪亮，散发着阵阵清香。他想，用这树叶烧饭，也许芳香可口呢。他试着采了一篮树叶带回家中，把树叶捣碎，挤出汁水。可一看汁水是乌黑乌黑的，用这个烧饭，能吃吗？再尝尝汁水，又有点清香。他想：用这种汁水和白米煮饭，饭一定是黑色的，倒可以骗过牢头。

于是，目连用这汁水烧饭。灶膛里的火势越烧越旺，饭锅里散发的香味也越来越浓。当熄火揭开锅盖时，只见一锅米饭全是乌色的。目连急忙抓一把黑饭放进嘴里尝尝，只说饭香而柔软，好吃极了。他当即装了满满一大碗，忘了自己肚子正在咕咕叫，就直奔监狱去送饭。牢头禁子照例要检查，一看这米饭，乌黑乌黑、脏兮兮的，真叫人恶心。牢头不想要这饭了，就把这一大碗黑饭交给了目连母亲。

从此，目连母亲在牢房里再也没有挨饿，而且吃得还挺香呢。目连母亲问目连："这饭这么香，是用什么烧的？叫什么名字？"目连说："这饭是用乌树叶的汁烧的，看上去乌黑乌黑的，就叫'乌饭'吧。"

后来，目连成了仙，本领高强，是天庭的一员名将，不久就把母亲救出了苦海，母子团圆了。

目连救出母亲的日子是农历四月初八。为了纪念目连母子，大家就在每年农历四月初八烧一顿"乌饭"（黑饭）吃，并且一代传一代，直到现在，都没有中断。

乡味解密

黑　饭

制作黑饭，须先把乌树叶子倒进捣臼里捣碎，然后放在水里浸泡一天一夜以上，这样叶子的精华就溶进水里了。乌饭树叶汁水是乌黑的，滤出叶渣，浸泡糯米一天后糯米已稍稍发黄，再放到木桶里蒸，"奇迹"就出现了：几分钟后，中间部分的米开始变黑了，随着黑圈慢慢变大，清香也渐渐弥漫开来，等整桶米全都变黑了，饭就熟了。接着把白糖倒入饭中不断搅拌，最后盛入方盒压实，冷却后切成小块。至此,油光乌亮,清香中含有淡淡的草药味、风味独特的黑饭便可食用了。

黑饭清香可口,绵甜软糯。黑饭刚出锅时,冒出的蒸汽会有一股清香,大山诱人的味道扑鼻而来,如再配以时鲜的蔬菜,令人胃口大开。

碱水粽

老宁波的端午记忆

农历五月初五,俗称"端午",民间也称"端午节"。说起端午,除了龙舟,在"老宁波"眼中,最要紧的一件事就是吃粽子了。在宁波民谣中就有"五月白糖揾粽子"的说法。这一天,宁波城里乡下家家户户都要裹粽子。裹粽子、吃粽子、互赠粽子一直是最有代表性的端午节习俗。

"老宁波"的粽子花色品种很多,大肉粽、豇豆粽、豆沙粽……最有代表性的是老底子的碱水粽。尽管嘉兴粽子声名远播,但在很多宁波人心里,最念念不忘的还是那清清爽爽、棱角分明、有人间烟火气的碱水粽。

宁波碱水粽的独特之处,在于其粽叶用的是较大较宽的老黄箬叶,宁波人俗称"捏壳"。箬壳是毛笋在成长为竹的过程中层层脱落的竹皮,内面呈光滑的肉色,外面则是带有茸毛的褐色。用来包粽子的箬壳,最好取从竹子嫩头脱落的,宽10厘米

左右的。箬壳捡来后要先洗净晒干，等到要用时，再拿到水里泡软，捋平。

既然被称为碱水粽，可见碱水的重要性。碱水的主要作用就是吸收水分，以产生良好的黏弹性。碱水若放多了，粽子就会呈深褐色，形状如冻；碱水若放少了，粽子则会色淡味寡，形似散沙。旧时，家家户户多用纯天然的稻草灰来代替碱水。稻草灰的原料就是黄稻草，田间地头俯拾即有，将其洗净晒干后烧成灰烬，倒在纱布上，再用滚烫的水冲，沥下的汁水就是最原始的"碱水"了。

那么，端午节为啥要裹粽子呢？这"粽子"的名称又是怎么来的呢？这里面还有个故事。

相传，在春秋时期，楚国人伍子胥逃亡到吴国，流落街头，吹箫乞食。伍子胥这个人身材魁梧，很有本事。他既会治国，也会打仗，文武全才，是个了不起的人物。后来，他投靠了吴王阖闾，帮助阖闾建造了城池，当时叫"阖闾城"。他又带领军队，打败了吴国的敌人越国和齐国，还攻灭了楚国，报了自己的杀父之仇。阖闾死后，他又帮助阖闾的儿子夫差治国，使吴国强大起来，在诸侯国中很有威望。

可是，吴王夫差自从得到了西施以后，沉迷酒色，不问国事。夫差还听信奸臣伯嚭的谗言，命令伍子胥自杀。伍子胥死后，夫差叫人将他的尸体装入皮袋内，扔进了西门外的河里。老百姓听到这个消息，感到非常震惊。这么好的一个大臣，就这样死了，非但不埋葬，还扔在河里，人们感到十分痛心。许多人赶到西门外的河边去观看，只见装着伍子胥尸体的皮袋在河面上漂来漂去，大家很担心伍子胥的尸体会被水底的蛟龙吃掉。

于是，大家就将米麦豆类扔进河里，去喂蛟龙，不让蛟龙去吃伍子胥的尸体。又有人说，米麦豆类扔进河里，散落在河底，蛟龙根本吃不到，应当将米麦豆类裹起来，这样蛟龙才能吃到。

后来，老百姓在阖闾城内安安稳稳地过日子，每当看到雄伟的阖闾城，就会想起伍子胥，觉得伍子胥死得可惜，应当怀念他、纪念他。于是，大家就想起了当时将米麦豆类扔在河里的场景，有人就在河边采来箬叶，将米麦豆类等裹起来，煮熟后扔进河里，算是对伍子胥的怀念。

可是，这裹起来的米麦豆类叫什么呢？当时还没有名称。不知道过了多少年，才起名叫"宗子"，这大概是有文化的人想出来的。为啥叫"宗子"呢？

因为，"宗"有祖宗的意思。伍子胥是吴国的大功臣，也可称为吴国的"祖宗"了。说明这"宗子"是纪念祖宗的。另外，"宗"也有尊重的意思，对伍子胥应该尊重嘛！再后来，因为箬叶内裹的是米麦豆类之物，所以在"宗"字左边加一个"米"字，就称"粽子"了。

乡味解密

碱水粽

碱水粽是粽子的一种，因食材中有碱水而得名。制作碱水粽以糯米、碱水、生油等为原材料，具体做法如下：

先将糯米淘洗干净，沥去水，放一容器内，倒上碱水（1斤块碱，用1斤水化成碱水）拌匀，待碱水被米粒吸收后，再倒入生油拌匀（必须先放碱水，后放生油。否则，碱水就不易被米粒吸收，米粽吃起来口感就不糯）。

竹箬用清水洗净浸泡在清水里。取竹箬2张，折成尖角斗形，放入糯米2两，再捞取2张竹箬插入糯米的左右两边。将两边的竹箬向里折拢,再将前后的竹箬向里折拢,裹包成四角相等、中间稍有隆起的长形五角形状,最后用线绳从左到右扎牢。包裹时线要扎得松些,不要扎得太紧。裹好后,摇动米粽,以里面的米粒会晃动为标准。如果包扎得太紧,煮时米粒就煮不透,会夹生。

取一净锅倒入清水,先用大火烧开,将米粽放入锅内（水浸没米粽为准）,在大火上煮三四个小时即可。

粽子煮熟后,剥去竹箬,呈现的是金黄色的米团。吃粽子的时候,撒上白糖或浇些糖水均可,其味道Q弹劲道、香甜软糯。

双喜吉饼

刘备东吴赴婚的媒证

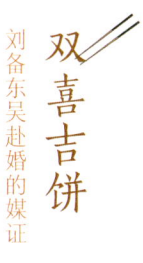

喜饼,是一种圆形、内有馅儿、口味酥脆甜香,且表面裹着一层白芝麻的糕饼,为中国民间婚礼用品。宁波人的喜饼上印有双喜,故又被称为"双喜吉饼"。人生有五喜:出生、升学、结婚、乔迁、祝寿。宁波人大都喜欢在结婚时将印有双喜的喜饼赠予亲友,意为"传播喜讯、分享喜气"。祝寿时所赠予的喜饼上,则印有"寿"字。

双喜吉饼,蕴含着爱的喜气。一块小小的双喜吉饼,乍一看并无过人之处,却拥有着一股非比寻常的能量,将人生之喜悦分享。老一辈的宁波人在结婚前,必须要送双喜吉饼和油包。一般男方要挑着少则五六十个,多则两三百个双喜吉饼及油包,带着聘礼和礼金,到女方家下聘。意在告诉周围的邻里、亲友,这户人家的女儿马上要出嫁了。

与年糕等相比,双喜吉饼的地位显得有些低微。曾经作为婚庆的标配,如今已随着时代潮流,逐渐被一些更为时尚简便的食品所替代。但是,婚前送双喜吉饼的习俗依旧在宁波很多地方流行。喜主家会在婚前向亲朋好友送上一些双喜吉饼、油包、桂圆、红枣以及喜糖等,并附上请柬,邀请对方前来喝喜酒。

宁波双喜吉饼重糖淡油,以酥为主,软脆兼有,甜中带咸,咸中透鲜。早些年,宁波人吃得较多的是外皮酥脆、内里松软甜香的双喜吉饼。如今,根据人们口味的多样化,逐渐有了外皮软糯或咸口味的双喜吉饼。但不管双喜吉饼味道如何变化,它所传递的幸福味道从未改变。

全国各地都有吃喜饼的习俗,各地的喜饼,其大小、形状、颜色、材质及制作手法均不一样,各有各的特色。这受大众热捧的喜饼到底是从何朝何代沿袭下来的呢?

从商周时代餐饮文化中的糕点,礼仪文化中的喜蛋,都能看到"喜饼"最初的模样。屈原在《楚辞·招魂》中记录了最初的甜食,"粔籹蜜饵,有帐煌些"是指餐桌上的小甜点。西周时代《诗·大雅·公刘》:"乃裹餱粮,于橐于囊。""餱粮"是一种便于携带且可久存的干粮,亦是我国古老秦式糕点的雏形。

公元前 325 年的一个吉祥之日,秦惠文王姬妾芈月顺利诞下儿子嬴稷。秦王龙颜大悦,命庖厨做上万只红馅糕点,赏给全城百姓,一为报喜,二为回馈百姓忠心。这被理解为中国历史上第一次将点心作为喜俗的回礼。

东汉末期第一次有了"喜饼"的概念。这里还有着一段历史故事。

相传,诸葛亮为刘备出谋献策,"借"得了荆州。孙权为了讨回荆州,听大都督周瑜的计谋,把刘备骗到东吴,假意称愿将自己的妹妹孙尚香许配给刘备为妻,想以此为诱饵,用刘备换回荆州。诸葛亮看出这是计谋,遂来个假戏真做,让老师傅做了一万枚龙凤喜饼,派送到江东城里的各家各户,并编出"刘备东吴来成亲,龙凤喜饼是媒证"的歌谣。

不到几天工夫,江东的百姓都拿到了龙凤喜饼,弄清了刘备是来东吴成亲的,于是奔走相告,全城皆知,就连身处宫中的吴国太也知道了。吴国太在甘露寺相亲后对刘备十分满意,遂同意了这门亲事。孙权、周瑜弄巧成拙。由于是喜饼促成了这段姻缘,它也就在民间流传开了,也诞生了"喜饼"这一概念。

此后，在"礼尚往来""来而不往非礼也"的古代中国，喜饼由聘礼逐渐演变为结婚、生子喜事中的回礼主角。尤其是主人自制的喜饼，用料、做工、味道都饱含了对宾客的感恩之情。久而久之，一些手艺高超的人专门开办喜饼铺，满足各家所需，在手艺代代传承的同时，也将喜饼文化传遍华夏大地。

乡味解密

双喜吉饼

宁波双喜吉饼的制作流程主要分为配料、和面、裹馅、锁饼、上麻、印字、烘烤7道工序。其中，最关键的步骤是配料和裹馅，配料有核桃仁、瓜子仁、红绿丝、花生、葡萄干等十几种。

制作双喜吉饼须先将面团搓匀，切成分量适中的小块，包入事先调制好的馅料。随后把这些小面团放到案板上按成小圆饼。宁波双喜吉饼，也叫作麻饼，是因为饼上有密密麻麻的芝麻点缀。所以，接下来就需要将做好的小圆饼一个个放入事先均匀铺上白芝麻的团匾中，再不停地上下抖动团匾，使得圆饼两面均匀地裹上白芝麻。这些工序完成后，双喜吉饼已有了雏形。最后，用大大的印章在每个麻饼上盖一个"囍"字，放入烤箱中烘烤，约10分钟后，香喷喷、金灿灿的双喜吉饼就出炉了。

刚出烤箱的双喜吉饼,浑身金黄,散发着热气,令整个屋子里都充斥着甜香,红色的"囍"字显得更为鲜艳。一口咬下去,唇齿间的软糯,鼻尖的甜香,久久萦绕。

宁式月饼

浓浓中秋意 悠悠故乡情

"八月中秋月饼圆,节筵都做一天延。城东更比城西盛,鼓吹通宵闹画船。"这是《鄞城十二个月竹枝词》中对老底子宁波人过中秋的描述。中秋这天,家家户户都要欢聚一堂,共赏明月,同食月饼,欢度中秋佳节,以享团圆之乐。

中秋吃月饼,和端午吃粽子、元宵节吃汤圆一样,是宁波民间的传统习俗。对宁波人来说,无论过去还是现在,月饼都是中秋的必选项。但是,旧时的宁波普通老百姓是没有几家能买得起月饼的,山村的贫苦人家一生都没有见过月饼,但他们也要欢欢喜喜地过八月十六。他们用米粉、麦粉做些饼与团子,或蒸或煎,以此代替月饼。还去地里挖几只新鲜的芋艿,拔几把新鲜黄豆,蒸蒸煮煮摆上桌,配上自家酿的酒,吃餐团圆饭。邻里乡亲坐在一起嗑瓜子吃蚕豆,说古代的戏文,谈时下的新闻逸事,盘算中秋过后的秋收秋种。

宁波城乡一般人家中秋做月饼的习俗由来已久，家家户户多于八月半前制月饼。"宁式月饼"多为大户人家自家制作，亲友间互相馈赠。月饼外形内质多精益求精，有大至直径三四尺、厚四五寸者，上塑月宫桂殿、蟾蜍兔杵，或吴刚伐桂、嫦娥窃药等，精美绝伦，寓意吉祥，与今日西饼屋中缀以楼台叠阁之大蛋糕有异曲同工之妙。亲友间还相互比赛，戏定胜负，称"赛月饼"。

"宁式月饼"保留了传统的宁波口味，从口味上说，有甜味、咸味、咸甜味。甜的如玫瑰、枣泥、芝麻、白糖，咸的如三鲜肉、火腿；从馅料讲，有五仁、豆沙、冰糖、芝麻、火腿等；按饼皮分则有浆皮、混糖皮、酥皮三大类。就馅料荤素而言，素的有玉米蓉、芋艿蓉、栗子蓉、马蹄爽等外面不多见的馅料，而玫瑰、绿豆

蓉这些经典素馅经过特殊配方与烘烤工艺，也有了不一样的口感；荤的有火腿、三鲜肉等。

老底子"宁式月饼"制作厂家中，"升阳泰"是比较有名的一家。"升阳泰"始创于 1851 年，是宁波知府华少湖所建，迄今已有 170 多年的历史。早年以生产和经营南北果品、宁式糕点为特色，前店面后工厂，现做现卖。那刚刚出炉的月饼，一层一层酥酥的饼皮和鲜美流油的肉馅，叫人吃了还想吃。"升阳泰"历史上曾被列为宁波四大南北货店之一，由于经营者注重商品质量，做到货真价实，在市民中一直享有较好的口碑。

关于中秋吃月饼的习俗，传说是从元末明初开始的。

元朝的统治集团是蒙古贵族，他们对百姓实行残酷统治，百姓一点自由都没有。在江南地区，百姓将蒙古兵称为"挞子"，意思是专门用鞭子抽打别人的人。蒙古兵驻守在乡村小镇，成了地方上的恶霸流氓，为所欲为，无恶不作。他们规定：每十家为一伍，由一个蒙古兵管理，这个蒙古兵轮流到十家去吃饭。轮到的人家要好菜好饭招待，稍有不周，就会得到惩罚。统治者为了防止老百姓造反，每家的铁器——刀、斧、锹等，白天用过以后，晚上都要交到蒙古兵手里。凡新娶的新娘，第一个晚上都要送到蒙古兵那里。所以，老百姓对蒙古兵恨之入骨，到处都在酝酿反抗和起义，大家都想杀掉"挞子"。

那时，起义领袖张士诚在江南一带活动。他四处联络，以求形成一股力量，大家共同起来反抗。但蒙古兵管理很严，联络有一定的困难。张士诚与大家商议,终于想出了一个办法,就是利用中秋节。中秋到来之际,他们做了许多圆饼,在圆饼底下垫上一张小纸,上面写上暗号,分送给家家户户。大家拿到圆饼,知道了八月十五是起义的日子。于是,日子一到,就人人拿出事先藏好的菜刀、铁锹和木棍,聚众起义,十家杀一个挞子。由于大家齐心,人多势众力量大,起义获得了成功。

不久,元朝就灭亡了。百姓为庆祝胜利,也为纪念起义的日子,到了中秋这一天,家家都要做圆饼吃。因这一天是中秋赏月的日子,因此将圆饼称为"月饼"。直到如今,月饼底下仍有一张薄纸垫着,这还是那时留下来的传统呢!

乡味解密

苔菜月饼

苔菜月饼,又称宁式苔菜月饼,是宁波地区的传统中秋特色美食。它是以苔菜为辅料作馅的一种月饼,饼皮松酥,馅料有浓郁的麻油香味,甜中带咸,咸里透鲜。旧时,每逢中秋,宁波人都会上城西的"南货店"买上几筒用油纸包的圆筒装苔菜月饼。那咸咸香香的苔菜月饼,给许多老宁波人留下过温馨的记忆。

宁波人称苔菜为"苔条"。苔菜月饼选用优质冬季苔条为料作馅,苔菜细嫩色绿,果仁清晰,酥皮光洁,层次均匀,酥软白净。上等的苔菜月饼除了苔菜,还配以芝麻油、芝麻、瓜子仁、桃仁等馅料调成椒盐味,间杂细腻的花生果仁,咬上去,满口咸鲜,还有浓浓的桂花味。

水塌糕
新米松糕红印添

宁波的镇海、北仑、象山等地中秋流行吃水塌糕。水塌糕是一种外表呈白色、用米粉做的糕点,也称"水沓糕""水拖糕"或"白米松糕"。"水塌糕"是根据质地起名的,宁波话"水塌涝灶"意思是潮湿。

宁波有老话:"馋痨幺麽水塌糕,八月十六等不到。"这两句说明水塌糕是宁波人过中秋的节令食品。"馋痨幺麽",宁波话意思是馋嘴,一句便道尽了水塌糕的诱人。

相传,月亮上的嫦娥仙子将水塌糕当作一道美味佳肴。宁波民歌有"八月十六中秋天,月饼馅子裹嘞甜;新米松糕红印添,四亲八眷都送遍","新米松糕"就是水塌糕。水塌糕为米粉蒸制的食品,制作十分简单:将发了酵的米团捏成圆盘状,放入蒸笼中,先用猛火淬,再用文火"老"。一出笼,稻米的清香就扑鼻而来。这时的水塌糕是一个大如镬盖的一寸厚的圆饼,形如满月;然后切成菱形或方形或三角形小块,小如手掌,称为"碎月"。无论"满月"还是"碎月",一旦分食落肚,便与天上的或心中的那轮圆月融合,达到"天涯共此时"的意境。

关于水溻糕名称的由来,据说和南宋大宰相史弥远有关。

史弥远在朝为相,有一次,皇帝问他:"同叔,你平时总是夸你的家乡,朕命你以家乡地理为题,即刻吟诗赞之,可否?"史弥远说声"领旨"后就吟道:"金鸡报晓旭日来,龙虎把门卫江山。十里冰厂万里花,更喜招宝连四海。"

史弥远刚吟完,旁边一个太监便躬身奏道:"官家,小的以为此为反诗也!"皇帝丈二和尚摸不着头脑,这么一首风貌小诗怎么是反诗呢?那个太监道:"天下只有圣君诞生之地,才会有金鸡报晓、龙虎把门之福。史宰相乃官家殿下一臣,何能有此福地?更何况诗中说有兵场十里,花园万顷,这不是他早存叛逆谋反之心吗?"这太监与史宰相有仇,今日乘机报复。果然,皇帝怒气冲天:"好个史弥远,平日朕待你不薄,你竟心存不良,那还了得!"皇帝这一发怒,满朝文武早已跪下,齐声求道:"官家,念宰相往日功绩,请官家宽恩!"皇帝想想史弥远往日也无甚错处,就缓了口气讲:"着即削职还乡,永不返朝。"可叹堂堂宰相,只为吟首小诗,立遭横祸,革职为民。

再说史弥远临安为官几十年,家室一直留在宁波,逢节过年,不能共享天伦。如今罢官回乡恰逢中秋,于是,急派家人飞马寄书,报与老母妻室,约期中秋,合家欢聚。他的老母、妻子

第五辑 节庆食风

接到来书,真是又悲又喜,眼巴巴盼他早日回来。八月十五那天,家人一早备好酒席,可是,等呀等,从早等到晚,又等到圆月偏西,还不见史公到来。

八月十六,日沉月升,家人来报:"史老爷到!"全家老少欢天喜地出门相迎,只见史弥远风尘仆仆,汗流满面,一下马忙向老母施礼赔罪:"儿误时了!"史母笑容满面地说:"不误,十五的中秋,咱们就十六过吧!"话音刚落,忽听对门有人接口说:"对!对!八月十五正团圆,十六中秋有情缘。"说话声如洪钟。众人一看,原来是镇上有名的"怪人"水沓先生。他与史弥远是同窗,为人正直,以教书为生。自史弥远为官以来,他从不进史家大门半步。而今,他却手托一盘水晶似的白米蒸糕,恭恭敬敬来到史弥远跟前说道:"史兄,我听说你因赞美家乡,遭人诬陷,真是伴君如伴虎。今受乡里父老之托,特备这盘白米蒸糕,为兄洗尘，望勿推却。"原来，乡亲们也记挂着至期不归的史弥远，大家都主动地把中秋节推迟了一天过。

史弥远心里一热，眼眶湿润，连声道谢后吃了起来。一因在京吃厌了京城百味，又因日夜赶路腹中饥饿，这米糕一吃进口，就感觉又清甜又软滑，十分可口，就问道："水兄，此何糕？"水沓先生笑着答道："实在惭愧，这是我自做的米糕，叫不出名字。"史弥远沉思了一会儿说："就叫'水溻糕'吧！望兄教我制法，明年中秋，我回请乡亲。"

此后，宁波就有八月十六做水溻糕过中秋的风俗。

乡味解密

水溻糕

水溻糕为米粉蒸制的食品，一般以大米粉、水为主料，加以酒曲粉、耐高糖酵母、白糖等配料。家庭制作十分简单，简要步骤如下：

先将大米粉、水、白糖、酒曲粉、耐高糖酵母放入盆内搅拌均匀，最好用温水搅成糊状，注意不能太干或太稀。再用保鲜膜包住，放在温暖处发酵 3 小时，其中每隔 40 分钟搅拌一次。

面发酵后倒入盘内，盘底要刷油，将其铺平，撒上干桂花。水开后，将其放入锅内蒸 20 分钟，关火焖 5 分钟后，从锅内取出,晾凉就可以吃了。

水渴糕外表呈白色,入口软糯香甜,甜而不腻,因其中有酒酿、熟米,这使得做出来的水渴糕不仅松软,闻起来还有一股酒香味。

重阳糕

融进了时光的老味道

清明有青团,秋季有重阳糕。重阳糕是宁波人过重阳节的传统食品,因在重阳节食用而得名。宁波老话:"八月十六水溻糕,九月初九重阳糕。"足以说明重阳糕是宁波人过重阳的节令食品。

重阳糕也称"花糕""发糕",因为吃重阳糕寓意步步高。重阳糕汉代就有,宋时已十分讲究。记录南宋临安城风俗的《梦粱录》中提到,"此糕是以糖面蒸糕",上面"插小彩旗"。

宁波人的重阳糕,大抵分为软糕与硬糕。软糕是用面粉揉制成的,撒上糖,调成糊状,在蒸笼上蒸熟即可。撒黄糖的叫黄糕,撒白糖的叫白糕。还有桂花糕和菊花糕,也是软糕。软糕软糯清甜,老年人牙口不好,吃着正合适;若是换了硬糕,一口咬下去,门牙掉下来了就坏事了。但硬糕也不是一无是处。其中,印糕就是一种硬糕,它的存放时间比软糕长。因为在雕花印糕板上压过，糕上便留下了好看的图案。"福禄寿喜""花好月圆""吉祥如意""鲤鱼跳龙门""二龙戏珠""五子登科""喜上眉头"……吃印糕也是把这些美好的寓意统统吃进肚子。

旧时，宁波重阳就有"重阳担，挈只篮"的习俗。据《鄞县通志》记载，旧时九月初九这一天，宁波人除了佩茱萸登高和饮酒，亲戚之间还互相送重阳糕和牡丹糕，称为"挑重阳担"。重阳要"挈"的是红色饼盆篮，一层一层垒起来。以前不少人家都有，如今已很少见。

按旧俗，饼盆篮里要放的东西有：钱、酒、重阳糕和水果。其中，钱要拿红纸包起来，最好凑个整数，又或者最后一位数是"9"，寓意"长长久久"；酒一定要是白酒或黄酒。在宁波话里，白酒被称为"烧酒"，黄酒被称为"老酒"。在过去的人看来，"烧"与"笑""少"谐音，"笑一笑，十年少"；"老"又寓意老当益壮，讨个好彩头。重阳糕更是必不可少。

在宁波的有些地方,像镇海,女儿还会在饼盆篮里放上一块土布或者衣服。在过去,土布或者衣服都是要女儿亲手做的,虽然样子看起来不咋地,但父母穿在身上暖和舒服。

"重阳担,挈只篮"的习俗,跟宁波人过端午节时毛脚女婿挑端午担的习俗十分相似。如今,随着生活水平的提高,老人想吃点啥,穿点啥,随时都可以得到满足,"挈只篮"的习俗也已经变成历史。不过,"挈只篮"背后的那份孝心还在一代代传承。

重阳,因古时以九月为阳月,九日为阳日,两个阳数合在一起,故曰"重阳"。重阳节,又叫"避灾节"。相传,在古代一座高山下,住着一户勤劳善良又乐于做善事帮助人的农民,他凭着辛勤劳动过着自给自足的生活。

有一天,天色已晚,农民收工回来,路上遇到一位欲投宿的老者。他二话没说,就让老者到自己家,并且好吃好喝招待。第二天老者临走时,对这位农民说:"九月九日,你家中要有灾,必须往高处搬家,越高越好,还要搬到草木稀少的地方,这样可以免灾。"善良的农民听了这位老者的话,就搬到山上居住了。九月九日这一天,善良的农民从山上往下一看,果然见自己原来住的房子着火了,而且火势向山上蔓延。因为农民听了老者的话,选择了草木稀少的地方安家,所以火没烧上来。

从此,登山避灾的事就传开了。但年年登山,实非易事,况且有的地方尽是平原,并不是每家每人都能登高,于是有聪明人就想出了以吃糕代替登高的办法。因"糕"与"高"同音,以食糕代替登高，也算是避灾了。正如古人所说："九日天明，以片糕搭儿女头额，祝曰：儿已算登高，愿百灾消除，百事俱高。连作三声。"同时，在历代文人的诗中也有反映。陆游在诗中写道："旋压麦糕邀父老，时分菜把饷比邻。"明朝诗人也有"故园莫忆黄花酒，内府初尝赤枣糕"的诗句。

从此，重阳吃糕可以避灾的习俗就传下来了。

乡味解密

重阳糕

重阳糕是宁波传统的节日糕点，家常制作可以选用糯米粉 1000 克、粳米粉 500 克、赤豆 250 克、红绿果脯 100 克作为主料，辅以白糖 1000 克、红糖 50 克、豆油 25 克、料酒 50 克等配料，制作步骤如下：

先将红绿果脯切成丝，将赤豆、白糖、豆油制成干豆沙，备用。将糯米粉、粳米粉掺和，取 150 克拌入红糖，加水 50 克左右，拌成糊状粉浆。剩下的粉拌上白糖 750 克，加水 250 克后，拌透。接下来取糕屉，铺上清洁湿布，放入一半的糕粉并刮平，将豆沙均匀地铺在上面，再把剩下的一半糕粉铺在豆沙上面，刮平，随即用旺火蒸。待蒸汽透出面粉时，把糊状粉浆均匀地铺在糕粉上面，撒上红绿果脯丝，再继续蒸至糕熟，即可关火。稍等片刻，将糕取出，

用刀切成菱形,另用彩纸制成小旗,插在糕面上即成。

刚做好的重阳糕散发着淡淡的糯米香,搭配甜而不腻的红豆沙,层次分明、晶莹剔透、入口爽滑,口感绵软湿润却不黏牙,素淡醇香。

祭灶果

吃了脚骨健健过

祭灶果是宁波地区有名的特色传统小吃,它由芝麻枣、红球、白球配上油炒果、黑白交切糖、芝麻脚骨糖、洋钱饼、白麻片、冻米糖、豆酥糖等组成,是一种老幼皆宜的糕点。

农历十二月廿三是传统民俗中的小年夜,全国各地都有"祭灶"的习俗,地处浙东的宁波也不例外。民间祭灶,源于古人拜火习俗。《释名》:"灶。造也,创食物也。"灶神的职责就是执掌灶火,管理饮食,后来扩大为考察人间善恶,以降福祸。祭灶习俗在中国民间有几千年历史了,灶神信仰是百姓对"衣食有余"梦想追求的反映。

按照宁波传统习俗,十二月廿三要祭灶,送灶王爷,还要吃祭灶果。旧时的厨房,老宁波人唤作"灶跟间",上接烟囱,下近灶膛,梁头的龛内供有"灶君菩萨"。老话说:"十二月廿三祭灶君,五色灶果摆当中。"还有老人说:"小顽乖乖过,廿九夜拨侬

吃祭灶果,脚骨健健过,日里长夜会大。"

祭灶果,是宁波人家祭灶用的主要祭品,用来孝敬"灶君菩萨",也称"送灶神",亦称"过小年"。这天,连回了娘家的媳妇也要回来。每当祭灶临近,做长辈的还忘不了送一包祭灶果给小辈吃。祭灶神吃祭灶果的传统习俗距今已有500多年了。

宁波传统的祭灶果,坚持手工制作,味道历经百年不曾改变,饱含着美好祈愿。一包祭灶果里面最少的有六色,多的有八色、十色,成双不成单,好比"京八件",多是各色点心拼凑而成。一包祭灶果里除了油果、冻米糖、豆酥糖等,还有以下特色糕点糖果:"芝麻枣",大概是祭灶果的原型,用糯米炸成,里面呈蜂窝状,外面裹有芝麻,香脆可口;"红球、白球",也是用糯米粉油炸而成,个头挺大,是空心的,用色素染成红、白色,取"金银满堂"寓意;"藕丝糖",在麦芽糖之外滚上一层白芝麻,形似黄澄澄的金条;"黑白交切",俗称"脚骨糖",常被赋予"脚骨健健过"的含义;"洋钱饼",一个个小圆饼裹满白芝麻,形似一枚枚铜钱,清甜香脆;还有大黄糕、小黄糕,似大小黄金条,意喻四季发财的意思。这些拼凑的糕点,皆有共同的特点,即重油重糖,又甜又黏。

祭灶果老少咸宜,外表看似朴实无华,却是维系腊月廿三传统祭灶习俗的一根纽带。

农历十二月廿三日晚上,传说灶王爷要向玉皇大帝报告每家每户的善恶举动。玉皇大帝则根据灶王爷的报告来决定每家每户来年的福祸凶吉。为了祈求来年一家人都能平平安安,家家都要供奉祭灶果,好让灶王爷的嘴变得甜一些,这样就不会在玉皇大帝面前说坏话了。为黏住灶王爷的嘴,让他少向玉帝打小报告,北方人多供奉"糖瓜""麦芽糖",而浙东宁波这一带,是清一色的"祭灶果"。"灶君菩萨"吃过各色果子后,满口香甜,一定会在玉帝面前多添美言。

如今买回祭灶果,多数宁波人是为了完成习俗的传承,真正吃它的恐怕不多。因为其糖分较高,过于油腻,不太符合现代人的饮食观念。然而在物资贫乏的年代里,腊月廿三是孩童们最向往的日子,他们往往等不及上供就急着拆包,挑选自己喜爱的果子,而大人每每都会教诲道:"侬要乖乖过,菩萨供过拨侬吃。"

祭灶果是很多宁波人儿时的甜蜜回忆,面对五颜六色的果子,孩子们往往舍不得吃,偷偷藏起一些慢慢品尝,等到果子吃

第五辑　节庆食风

完了,年也就过得差不多了。

乡味解密

祭灶果

祭灶果是很多宁波人儿时的甜蜜回忆。家常制作一般以糯米粉、芋艿浆为主料,辅以白砂糖、饴糖、芝麻等配料。制作过程分以下几个步骤:

一是制粉坯。将糯米淘净,用清水浸6-7小时后把水沥干,然后轧粉过筛,用适量开水将糯米粉与米粉搅拌均匀后进行蒸制。

二是磨芋艿浆。把芋艿洗净,去皮,然后磨成浆。

三是制坯。将蒸熟的粉坯用木棍搅拌,至不烫手时,就可掺入芋艿浆,再搅拌,直至拌匀为止。然后把拌好的粉坯在面板上均匀摊开,垫上厚草纸后放在太阳下曝晒,期间要经常翻动,防止出现阴阳面。待坯子晒至半干时,用刀将其切成1.5-2厘米的正方形小块,再放在太阳下晒至有韧性即可。

四是油炸。在60℃左右的油锅内浸泡,泡至果坯周边发白时,把坯移入另一温热油锅内慢慢加热升温,待果坯膨胀到成品的2/3大时(成品圆形,直径5厘米左右),再在60℃的油锅内炸制,至果坯完全膨胀即成。

五是上麻。将白砂糖、饴糖在锅内煮沸,把炸好的果坯倒入拌和,取出,再倒入装有芝麻的竹匾内,滚上芝麻,即成麻枣。

刚出锅的祭灶果块形整齐,芝麻密而均匀,无破损,内部呈蜂窝状,不空心,口味松、酥、香。

参考文献

1. 王万盈. 宁波区域文化资源概览（宁波俗卷）[M]. 杭州：浙江大学出版社，2019.

2. 滕占能. 宁波风俗传说 [M]. 北京：光明日报出版社，2019.

3. 周时奋. 宁波老俗 [M]. 宁波出版社，2008.

4. 潘莉. 宁波民俗与宁波人 [M]. 杭州：浙江大学出版社，2013.

5. 柴隆. 宁波老味道 [M]. 宁波出版社，2016.

6. 宁波市奉化区商务局. 奉化老味道 [M]. 宁波出版社，2019.

7. 周朝晖. 精品宁波菜 [M]. 宁波出版社，2013.

8. 上海市虹桥宾馆. 宁波菜江南名菜 [M]. 上海科学技术文献出版社，2001.

9. 戴永明. 宁波菜与宁波海鲜 [M]. 宁波出版社，1997.

10. 罗杨. 中国民间故事丛书（浙江宁波江东卷）[M]. 北京：知识产权出版社，2015.

11. 罗杨. 中国民间故事丛书（浙江宁波海曙卷）[M]. 北京：知识产权出版社，2015.

12. 罗杨. 中国民间故事丛书（浙江宁波江北卷）[M]. 北京：知识产权出版社，2015.

13. 罗杨. 中国民间故事丛书（浙江宁波鄞州卷）[M]. 北京：知识产权出版社，2015.

14. 罗杨. 中国民间故事丛书（浙江宁波镇海卷）[M]. 北京：知识产权出版社，2015.

15. 罗杨. 中国民间故事丛书（浙江宁波北仑卷）[M]. 北京：知识产权出版社，2015.

16. 罗杨. 中国民间故事丛书（浙江宁波奉化卷）[M]. 北京：知识产权出版社，2015.

17. 罗杨. 中国民间故事丛书（浙江宁波慈溪卷）[M]. 北京：知识产权出版社，2015.

18. 罗杨. 中国民间故事丛书（浙江宁波余姚卷）[M]. 北京：知识产权出版社，2015.

19. 罗杨. 中国民间故事丛书（浙江宁波象山卷）[M]. 北京：知识产权出版社，2015.

20. 罗杨. 中国民间故事丛书（浙江宁波宁海卷）[M]. 北京：知识产权出版社，2015.

图书在版编目（CIP）数据

甬上乡味 / 陈可伟主编 . -- 宁波：宁波出版社，2022.7

ISBN 978-7-5526-4487-6

Ⅰ. ①甬… Ⅱ. ①陈… Ⅲ. ①散文集—中国—当代 Ⅳ. ① I267

中国版本图书馆 CIP 数据核字（2021）第 247356 号

甬上乡味　陈可伟　主编
YONGSHANG XIANGWEI

出版发行	宁波出版社
地　　址	宁波市甬江大道 1 号宁波书城 8 号楼 6 楼
邮　　编	315040
联系电话	0574-87259609
网　　址	http://www.nbcbs.com
封面插画	韩以晨
责任编辑	晏　洋
责任校对	虞姬颖
装帧设计	金字斋　郑露茜
印　　刷	宁波白云印刷有限公司
开　　本	889mm×1194mm　1/32
印　　张	9.875
字　　数	230 千
版　　次	2022 年 7 月第 1 版
印　　次	2022 年 7 月第 1 次印刷
标准书号	ISBN 978-7-5526-4487-6
定　　价	65.00 元

如发现缺页或倒装，影响阅读，请与出版社联系，电话：0574-87248279（版权所有　翻印必究）